소중한 ＿＿＿＿＿＿＿＿＿＿＿＿＿ 에게

＿＿＿＿＿＿＿＿＿＿ 가(이) 선물합니다.

＿＿＿＿＿＿＿＿＿＿

80일간의
# 세계 일주

**쥘 베른 지음**

1828년 2월 프랑스 서부 작은 섬에서 태어난 쥘 베른은 어린 시절부터 모험과 바다를 좋아했습니다.
하지만 부모님의 반대로 탐험가로서의 꿈을 이룰 수 없게 되자, 문학을 통해 가슴속의 열정을 뿜어냈습니다.
그 결과 「해저 2만 리」 「15소년 표류기」 「신비의 섬」 등을 출간했고, '과학 모험 소설의 아버지'라는
칭호를 얻었습니다. 쥘 베른은 1905년 3월, 77세의 나이로 세상을 떠났습니다.

**강원희 엮음**

한국외국어대학교 영어과를 졸업하고, 제1회 아동문학평론에 동화 「꿈을 긷는 두레박」이 당선되어
문단에 나왔습니다. 그동안 「구조견 거루 이야기」 「훈장을 단 허수아비」 「술래와 풍금 소리」 「빨간 구름 이야기」
「화가와 호루라기」 「휘파람 부는 허수아비」 「북청에서 온 사자」 「아침 풀잎은 눈부시다」 「날고 싶은 나무」
등을 펴내 계몽아동문학상 · MBC장편동화대상 · 세종아동문학상 등을 받았습니다. 교육 방송과 교과서
집필 위원으로 활동했으며, 지금은 어린이를 위한 맑고 아름다운 글을 쓰고 있습니다.

2022년 4월 25일 2판 7쇄 **펴냄**
2011년 8월 20일 2판 1쇄 **펴냄**
2004년 3월 10일 1판 1쇄 **펴냄**

**펴낸곳** (주)효리원
**펴낸이** 윤종근
**지은이** 쥘 베른
**엮은이** 강원희 · **그린이** 니콜라스 슈레
**등록** 1990년 12월 20일 · **번호** 2-1108
**우편 번호** 03147
**주소** 서울시 종로구 삼일대로 457, 406호
**전화** 02)3675-5222 · **팩스** 02)765-5222

ⓒ2004, (주)효리원

ISBN 978-89-281-0103-0  64860

**이메일** hyoreewon@hyoreewon.com
**홈페이지** www.hyoreewon.com

80일간의
# 세계 일주

쥘 베른 지음 / 강원희 엮음
니콜라스 슈레 그림

 효리원
hyoreewon.com

쥘 베른은 1828년 2월 8일 프랑스의 항구 도시 낭트에서 태어 났습니다.

루아르강 연안의 낭트는 서인도 제도와 중국, 아메리카 등 각 나라의 배들이 드나드는 세계적인 무역항이었습니다.

11세 때, 쥘 베른은 사촌 누이에게 선물할 산호 목걸이를 구하기 위해 인도행 배에 올랐다가 다음 기항지로 뒤쫓아온 아버지에게 들켜 '앞으로는 상상 속에서만 여행하겠다'는 약속을 했다고 합니다. 그 약속을 지키기 위해서인지 쥘 베른은 「해저 2만 리」 「달 세계 일주」 「지구에서 달로」 같은 상상력을 발휘한 공상 과학 소설을 많이 써 19세기 문학에서 미래 과학 소설이라는 새로운 분야를 개척했습니다.

19세기는 과학이 점차 발달하던 시기였으므로, 자연 과학에 풍부한 상상력을 가미한 작품이 많았습니다.

그의 작품에 나오는 내용은 오늘날 사실로 드러나고 있어 이미 100년 전에 앞으로 다가올 미래를 과학 지식과 상상력을 동원해 미리 펼쳐 보인 셈이 되었습니다.

「80일간의 세계 일주」는 출판 전에 잡지에 연재되고 연극으로도 공연되어 많은 사람들의 관심을 모았던 작품입니다.

특히 이 작품은 과학적 공상보다는 지리에 관한 해박한 지식이 돋보이며, 등장인물의 성격과 세계 각국의 특징들이 흥미진진하게 잘 나타나 있습니다.

쥘 베른은 일생 동안 모험과 공상의 세계를 그린 100여 편의 주옥같은 작품을 남기고, 1905년 3월 24일 77세의 나이로 세상을 떠났습니다.

「80일간의 세계 일주」를 읽으면서 100년 전 비행기가 없던 시절, 그 시대 사람들은 어떻게 여행을 했으며 어떤 모험을 즐겼는지, 또한 그 여행을 통해 무엇을 얻었는지 함께 경험할 수 있을 것입니다. 그 경험은 우리에게 미래를 향한 무한한 힘을 실어주리라 믿습니다.　엮은이 강원희

# 새 주인과 새 하인의 만남

　1872년 영국 런던의 새빌로가 7번지 저택에 필리어스 포그경이 살고 있었다. 그는 사람들의 시선을 끄는 사람은 아니었지만 리폼 클럽 회원들 가운데 가장 수수께끼 같은 인물로 알려져 있었다. 사람들은 콧수염과 구레나룻을 기른 그를 시인 바이런과 닮았다고들 했다. 그는 실업가도 상인도 아니었으며 대영제국 왕립학회에도, 법률학회에도, 여왕의 후원을 받는 예술과학학회에도 참여하지 않았다.

　필리어스 포그는 오직 한 곳, 리폼 클럽이라는 명예로운 단체의 회원인 것이 전부였다.그가 리폼 클럽 회원이 될 수 있었던 것은 베어링형제은행에 예금을 많이 한 덕분이었으나 그가 어떻게 해서 재산을 모았는지 아는 사람은 없었다.

그는 돈을 낭비하는 사람은 아니었으며 그렇다고 구두쇠도 아니었다. 선의의 목적을 위해서라면 그는 조용히 익명으로 사람들에게 도움을 주곤 했다.

그는 되도록 말을 아꼈으며 말이 없는 만큼 신비롭게 보였다. 사실 그는 날마다 되풀이되는 일상을 규칙적으로 반복하며 지낼 뿐 신비로움과는 거리가 먼 생활을 하였다.

그가 세계 여행을 해 보았는지는 알 수 없지만 그는 세계 지리에 대해서 해박한 지식을 갖고 있었다.

필리어스 포그의 유일한 취미는 신문을 읽거나 카드 게임을 하는 것이었다. 침묵 속에서 진행되는 카드 게임은 말이 없는 그의 기질에 꼭 맞는 일이었다.

그는 카드 게임에서 자주 이겼지만 게임에서 딴 돈은 모두 자선 단체에 기부했다. 그가 게임을 하는 것은 다만 게임 그 자체를 즐기기 위해서일 뿐 결코 이기기 위한 것은 아니었다.

필리어스 포그는 아내나 아이들, 그 밖의 다른 가족들도 없었으며 친척이나 친구들도 없었다. 그는 아무도 찾아오지 않는 새빌로 저택에서 혼자 살았다. 하인 한 사람이 그의 시중을 들어 줄 뿐이었다. 그의 생활은 매우 규칙적이었으므로 시중을 드는 하인은 별로 할 일이 많지 않았다. 하지만 정해진 규칙과 시간을 어기면 결코 용서받지 못했다.

필리어스 포그는 면도할 때 사용하는 물의 온도가 섭씨 30도로 정해져 있는데 29도의 물을 가져오는 실수를 저지른 하인 제임스 포스터를 해고했다.

10월 2일, 필리어스 포그는 거실 안락 의자에 앉아 벽시계 바늘을 보면서 제임스 후임으로 오는 새 하인을 기다리고 있었다. 새 하인은 11시에서 11시 30분 사이에 오기로 약속되어 있었다.

그때 거실 문을 노크하는 소리가 나더니 해고 당한 제임스 포스터가 들어왔다.

"새 하인이 왔습니다."

그러자 30대로 보이는 몸집이 큰 사내가 들어와 인사를 했다.

"프랑스 사람이라고 했지? 이름이 존이라고 했나?"

"존이 아니라 장이라고 불러 주십시오. 장 파스파르투라고 합니다. 프랑스 말로는 '만능열쇠'라는 말로 못 하는 게 없다는 뜻이지요. 저는 지금까지 여러 가지 직업을 전전했어요. 떠돌이 가수에 서커스단 곡예사, 체조 선생, 나중에는 파리에서 소방수 일도 했지요. 마침 일자리를 찾고 있었는데 필리어스 포그 선생님께서 영국에서 가장 정확하고 빈틈이 없으며 외출도 잘 하시지 않는다는 소문을 듣고 이렇게 찾아왔습니다."

"파스파르투라는 이름이 마음에 드는군. 내가 원하는 조건들은 알고 있나?"

"네, 알고 있습니다."

"좋아, 지금이 몇 시지?"

파스파르투는 조끼 주머니에서 오래된 은 시계를 꺼냈다.

"11시 22분입니다."

"자네 시계가 늦군."

"그럴 리가 없는데요."

"4분이나 늦어. 하지만 괜찮아. 얼마나 늦는지 알고 있으면 되니까. 그럼 지금부터, 그러니까 10월 2일 오전 11시 29분에 자네는 내 하인이 되었네."

필리어스 포그는 자리에서 일어나 습관처럼 모자를 쓰고 아무 말 없이 문을 열고 나갔다. 늘 이 시간에 클럽에 가곤 하는 그는 사람을 사귀는 일이 필요하다고는 생각했지만 가까운 친구는 별로 없었다.

혼자 집에 남겨진 파스파르투는 새 주인을 잠깐 만난 사이 세심하게 관찰할 수 있었다. 나이는 마흔 살쯤 되어 보였으며 훤칠한 키에 머리와 구레나룻은 금발이었다. 얼굴은 창백해 보였지만 치아는 상쾌함이 느껴질 만큼 고르고, 눈빛은 냉정하고 고요해 함부로 눈길을 주지 않는 전형적인 영국인 인상이었다.

필리어스 포그는 매사에 정확하고 여유로움이 몸에 배어 결코 서두르는 법이 없었다. 그는 불필요한 동작 따위는 결코 하지 않았으며 쓸데없는 곳에 시선을 빼앗기거나 감정을 함부로 표

현하는 일도 없었다. 그는 서두르지 않으면서 세상에서 가장 시간을 잘 지키는 사람이었다.

파리가 고향인 파스파르투는 5년 전부터 영국에 살면서 하인으로 일해 왔다. 힘이 넘쳐 보이는 그는 누구나 호감이 가는 둥근 얼굴에 푸른 눈빛을 지닌 정감어린 사람이었다. 그리고 매우 정직했으며, 대범했다.

그는 진심으로 존경하고 정을 쏟으며 섬길 만한 주인을 만나길 바랐으나 그동안 그가 모셨던 주인들은 대부분 변덕스럽거나 생활이 불규칙하며 여행을 즐기는 사람들이었으므로 그 어느 곳에도 뿌리를 내릴 수가 없었다. 젊은 날의 떠돌이 생활을 끝내고 그는 이제 한곳에 안주하며 조용히 쉬고 싶었다.

그러는 동안 파스파르투는 필리어스 포그가 새 하인을 구한다는 소식을 듣게 되었다. 그는 매우 정확한 사람이며, 결코 외박을 하지 않으며 여행을 하지 않는, 다시 말하면 파스파르투가 바라던 사람인 것이다.

파스파르투는 지하 창고에서 다락방까지 집 안 구석구석을 둘러보았다. 집 안은 깨끗이 정돈되어 있었으며 가스를 이용해 조명과 난방을 할 수 있어 일하기에 매우 편리해 보였다.

파스파르투는 3층에서 앞으로 자신이 사용할 방을 보았는데 그 방에는 주인의 방과 연결된 벨이 있었고 벽난로 위에는 주인의 침실에 있는 시계와 똑같은 것이 놓여져 있었다.

"아주 좋아, 정말 근사한걸."

파스파르투는 그 방을 보자 마음에 들어 혼자 중얼거렸다.

그는 시계 위에 붙어 있는 일과표를 보았다. 일과표에는 필리어스 포그가 아침 8시에 일어나 클럽에서 점심을 먹기 위해 집을 떠나는 11시 30분까지의 일정이 꼼꼼하게 적혀 있었다.


8시 25분 : 차와 토스트

9시 37분 : 면도를 위한 따뜻한 물 준비

9시 40분 : 머리 손질 및 몸 단장


파스파르투는 흐뭇한 마음으로 일과표를 바라보면서 머릿속에 하나하나 외워 두었다.

옷장 또한 잘 정돈되어 있었으며 부족한 것 없이 완벽하게 갖추어져 있었다. 바지와 외투와 조끼에는 순서대로 번호가 매겨져 있어 계절별로 지정한 날짜에 맞추어 주인에게 대령하기만 하면 별 문제가 없을 것 같았다. 구두에도 같은 식으로 번호가 적혀 있었다.

그 밖에 집 안에는 사냥 도구처럼 무기로 사용할 만한 위험한 물건은 찾아볼 수 없었다. 그것만 보아도 집주인은 누구보다 평화로운 습관을 가졌음을 느낄 수가 있었다.

"드디어 내게 딱 맞는 집을 찾았어! 여행을 싫어하고 규칙적인 습관을 가진 그런 분을 시중드는 일도 나쁠 건 없지."

파스파르투는 두 손을 비비면서 미소를 지었다.

# 거액이 걸린 내기

  필리어스 포그는 정확히 11시 30분에 집을 나섰다. 팰맬 거리에 있는 리폼 클럽 건물은 12만 파운드나 들여서 지어 웅장하고 장엄해 보였다.

  포그는 곧장 식당으로 향했다. 정원을 향해 활짝 열려진 아홉 개의 창문으로 가을빛에 물든 황금빛 정원이 보였다. 그는 자신의 전용 식기가 놓여 있는 지정 테이블에 앉아 조용히 점심 식사를 했다.

  12시 47분이 되자 식사를 마친 그는 값진 그림들로 장식된 호화로운 살롱으로 향했다.

  그는 그곳에서 신문을 읽었다. 저녁 식사 후, 리폼 클럽 회원들이 석탄불이 타오르는 벽난로 주변으로 모여들었다. 그들은 포그와 함께 어울려 카드놀이를 하는 친구들이었다.

건축 기사인 앤드류 스튜어트, 은행가 존 설리번과 새뮤얼 팰런틴, 맥주 양조업을 하는 토머스 플레니건, 그리고 잉글랜드은행 부총재인 고티에 랄프, 그들 모두는 부유한 신사들이었다.

"랄프, 자네 은행 도난 사건은 어떻게 되었나?"

토머스 플레니건이 물었다.

"당연히 은행이 책임을 져야 하겠지?"

앤드류 스튜어트가 말했다.

"범인은 곧 체포될 것 같아. 사복 형사들과 경찰관이 아메리카와 유럽의 주요 항구에 깔렸으니까. 범인이 감시망을 빠져나가긴 쉽지 않을걸."

고티에 랄프가 말했다.

"그럼 범인의 모습은 알고 있나?"

앤드류 스튜어트가 물었다.

"그자는 단순한 도둑이 아니야."

고티에 랄프가 진지한 목소리로 말했다.

"5만 5천 파운드를 챙겨 유유히 사라졌는데 도둑이 아니라면 사업가란 말인가?"

존 설리번이 되물었다.

"모닝 클로니클 신문에서는 그 사람을 신사라고 보도했더군."

말없이 신문을 읽던 필리어스 포그가 한 마디 던졌다.

영국의 모든 신문들이 한결같이 톱 뉴스로 보도하고 있는 그 사건은 정확히 사흘 전인 9월 29일에 일어났다.

5만 5천 파운드짜리 지폐 뭉치가 잉글랜드은행 창구를 통해 감쪽같이 사라진 것이었다.

그토록 많은 돈을 어떻게 그렇게 쉽게 도둑맞을 수 있었는지 사람들이 놀라자 랄프는 사건 당시 창구 직원은 수납금 3실링 6펜스를 장부에 적어 놓느라고 돈뭉치에 신경 쓸 겨를이 없었다고 해명할 뿐 그 밖의 다른 설명은 일체 하지 않았다.

잉글랜드은행은 고객을 존중하고 배려하는 차원에서 경비원이나 보안 담당, 심지어 방범 창조차도 없었다. 돈뿐만 아니라 금덩이도 눈에 잘 띄는 곳에 있어 마음만 먹으면 누구나 쉽게 가져갈 수 있었다.

얼마 전에도 어떤 사람이 창구에서 무게가 7파운드 가량 나가는 금덩이를 보자 호기심이 생겨 한참 들여다본 후, 옆 사람에게 넘겼다. 그 금덩이는 그렇게 이 사람 저 사람 손을 거쳐 어두운 복도 끝까지 갔다가 30분 만에 제자리로 돌아 왔는데 그때까지 은행 직원은 자신의 일을 보느라고 고개 한 번 들지 않았다고 했다.

그러나 9월 29일에는 불행히도 그때와는 달리 지폐 뭉치가 끝내 돌아오지 않았다.

사건 직후, 경찰은 가장 유능한 형사들을 리버풀과 글래스고, 수에즈, 뉴욕 등 주요 항구로 파견했다. 경찰 당국은 범인을 잡으면 2천 파운드의 수당과 되찾은 금액의 5%를 상금으로 주겠다고 발표했다.

모닝 클로니클 신문의 보도대로 이번 도난 사건의 범인은 상습 절도범 같지는 않았다. 사건 당일 점잖은 신사가 현장에서 배회하는 모습을 목격했다는 사실이 보도되자 그 신사의 몽타주가 각 항구에 배포되었다. 이번 사건은 런던을 비롯한 영국 전역을 들끓게 만들어 '오늘의 화제'로 떠올랐다.

잉글랜드은행 부총재가 회원으로 있는 리폼 클럽에서 이 사건이 화제가 되는 것은 당연한 일이었다.

"범인은 그리 쉽게 잡히진 않을 거야. 아주 노련한 도둑일 테니까."

앤드류 스튜어트가 말했다.

"천만에, 범인은 더 이상 도망칠 곳이 없을걸."

랄프가 단호하게 말했다.

"범인이 어디로 도망칠 것 같나?"

"글쎄, 난들 알겠나? 세상은 넓으니까."

"옛날에는 넓었지."

"그렇다면 지금은 세상이 좁아졌단 말인가?"

"지구는 확실히 좁아졌어. 100년 전보다 몇 배나 빠르게 이동할 수 있으니까 지구가 좁아졌다는 말이 틀린 말은 아니지. 그러니 수사도 그만큼 빨라질 수 있겠지."

고티에 랄프가 말했다.

"그만큼 도둑이 빨리 도망칠 수도 있겠지."

"랄프, 지구가 좁아졌다는 것은 말도 안 돼. 아무리 3개월 만에 세계 일주를 할 수 있다고 해도."

"아니, 80일이면 가능해."

필리어스 포그가 모닝 클로니클 신문을 펼쳐 보이면서 단호히 말했다.

"자, 여길 봐. 신문에 날짜를 계산한 게 나와 있네. 인도 횡단 철도가 개통되어 80일이면 세계 일주가 가능하다니까."

런던-수에즈 기차 및 여객선 7일

수에즈-봄베이 여객선 13일

봄베이-캘커타 기차 3일

캘커타-홍콩 여객선 13일

홍콩-요코하마 여객선 6일

요코하마-샌프란시스코 여객선 22일

샌프란시스코-뉴욕 기차 7일

뉴욕-런던 여객선 및 기차 9일

모두 합친 날짜 80일


"80일 만에 세계 일주를 할 수 있다니 정말 놀랍군."

앤드류 스튜어트가 흥분해서 말했다.

"하지만 악천후나 돌풍, 난파 같은 경우를 계산하진 않았겠지?"

"그 모든 것을 포함해서야."

필리어스 포그가 말했다.

"만약 인디언들이 기차를 습격하거나 기차를 세워 여행자들을 약탈한다면?"

"그 모든 것을 포함해서라니까."

"포그, 이론상으로는 자네 말이 맞을지 몰라도 실제로 해 보면 아주 다를걸."

의심이 많은 스튜어트가 말했다.

"스튜어트, 실제로도 그렇다네."

"그렇다면 자네가 실제로 세계 여행을 한번 해 보게나."

"좋은 생각이야. 자네도 함께 떠나겠나?"

"나는 내키지 않아. 하지만 그 여행이 불가능하다는 쪽에 4천 파운드를 걸겠어.”

 “으음, 좋아. 그렇다면 나는 가능하다는 쪽에 2만 파운드를 걸겠어.”

 포그가 친구들을 돌아보며 말했다.

 “2만 파운드? 예기치 못한 일로 조금이라도 늦어지면 2만 파운드를 잃는 거네.”

 존 설리번이 놀라서 말했다.

 “하지만 포그, 80일이라는 기간은 최소한의 기간을 기록해 놓은 것이야.”

 “제대로 계산된 최소한의 시간이라면 충분할 것일세.”

 “그러나 그 시간을 초과하지 않으려면 여객선에서 기차로, 기차에서 여객선으로 숨가쁘게 옮겨 타야 할 거야.”

 “그렇다 해도 내가 한번 시도해 보겠네.”

 “포그, 농담하지 말게.”

 “영국 신사라면 심각한 내기 앞에서 농담은 하지 않는 법이지. 나는 80일 동안, 그러니까 1920시간, 다시 말해서 11만 5200분 이내에 세계 일주를 하는 것에 2만 파운드를 걸겠네. 어때, 수락하겠나?”

 필리어스 포그가 친구들을 돌아보며 다시금 진지하게 말했다.

스튜어트, 팰런틴, 설리번, 플래니건, 랄프, 다섯 친구들이 수락했다.

"그럼 당장 오늘 저녁 8시 45분 도버행 기차가 있으니 그걸 타겠네."

"오늘 저녁에 떠나겠다는 말인가?"

"오늘이 10월 2일 수요일이니까 런던의 리폼 클럽에 12월 21일 토요일 저녁 8시 45분까지 돌아오겠네. 만일 내가 돌아오지 못하면 베어링형제은행 계좌의 2만 파운드는 자네들이 나누어 가져도 좋아."

내기에 가담한 여섯 사람은 서둘러 계약서를 만들어 각자 서명을 했다.

필리어스 포그는 끝까지 냉정함을 잃지 않았다. 그러나 그의 친구들은 이런 조건으로 내기를 한다는 것이 어쩐지 마음에 걸렸다.

그때 괘종시계가 7시를 쳤다. 친구들은 필리어스 포그에게 카드놀이는 그만 하고 떠날 준비를 하라고 권했다.

"난 항상 준비가 되어 있네. 자, 우리 한 게임 더 하지 않겠나?"

필리어스 포그가 카드를 돌리면서 태연하게 말했다.

# 여행을 떠나는 두 사람

 

 

7시 25분, 필리어스 포그는 친구들과 작별 인사를 하고, 7시 50분에 집으로 돌아왔다.

포그의 일과표를 꼼꼼하게 외운 파스파르투는 예기치 않은 엉뚱한 시간에 주인이 돌아오자 깜짝 놀랐다. 일과표에 따르면 포그가 집에 돌아오는 시간은 정확히 밤 12시, 자정이었다.

"파스파르투!"

필리어스 포그는 곧장 자기 방으로 가더니 하인을 불렀다. 그러나 파스파르투는 대답하지 않았다. 그 시간에 주인이 자신을 부를 리가 없다고 생각했기 때문이었다.

"파스파르투!"

포그는 그다지 소리를 높이지 않고 다시 한 번 하인을 불렀다.

그러자 파스파르투가 나타났다.

"두 번이나 불렀네."

"하지만 주인님, 지금은 자정이 아닌데요."

파스파르투가 시계를 보면서 말했다.

"알고 있네. 자네를 나무라는 건 아니야. 10분 뒤에 우리는 도버로 떠날 거야."

"여행을 떠나신다고요?"

"그렇네."

"세계 일주를 할 거라네, 80일 동안. 그러니까 서둘러야 해."

"그렇다면 가방을 챙겨야지요."

"여행 가방은 손가방 하나면 충분해. 모직 셔츠 두 벌에 양말 세 켤레만 챙기게. 자네 것도 그 정도만 준비해. 비옷과 여행용 모포도 가져오고, 신발은 편한 걸로 준비하게나. 그다지 많이 걸을 일도 없겠지만."

파스파르투는 자기 방으로 돌아와 의자에 털썩 주저앉았다.

그러고는 프랑스 말로 투덜거렸다.

"정말 어처구니가 없군. 조용히 살고 싶었는데……. 80일 동안 세계 일주를 한다고? 나 참, 어떻게 이런 일이……, 그렇다

면 파리에도 가겠네? 그러고 보니 고국을 떠난 지도 벌써 5년이
나 되었네."

파스파르투는 작은 가방 속에 주인의 옷가지를 챙겨 넣고 아
래층으로 내려갔다.

필리어스 포그는 여행 준비를 끝내고 대륙 열차 안내서를 보
고 있었다. 그는 여행 가방 속에 어느 곳에서나 통용되는 지폐
뭉치를 가득 넣었다.

"가방 속에 여행 비용 2만 파운드가 들어 있으니 조심하도록
하게."

필리어스 포그는 파스파르투에게 가방을 건네주면서 말했다.

지폐 뭉치가 가득 든 가방은 어찌나 무거운지 파스파르투는
하마터면 놓칠 뻔했다.

두 사람은 마차를 타고 기차역으로 향했다. 필리어스 포그는
파스파르투에게 일등석 기차표 두 장을 사 오라고 했다.

역 대합실에 들어서자 리폼 클럽 친구들이 배웅하려고 나와
있었다.

"난 지금 떠나네. 내가 도착하는 나라마다 영사관에 가서 사인
을 받아오겠네."

"그럴 필요 없어. 자네는 신사잖아. 우리는 전적으로 자네를

믿으니까."

고티에 랄프가 정중하게 말했다.

"포그, 돌아오는 날짜는 기억하고 있겠지."

스튜어트가 다짐을 받듯이 말했다.

"기억하고말고. 80일 후, 그러니까 정확히 1872년 12월 21일 저녁 8시 45분에 돌아오겠네. 그럼 이만."

친구들에게 작별 인사를 한 필리어스 포그는 8시 40분에 파스파르투와 기차에 올라 나란히 자리를 잡았다.

그 순간 돈 가방을 끌어안고 있던 파스파르투가 갑자기 소리를 질러 댔다.

"무슨 일인가?"

"주인님, 너무 서두르다가 그만, 깜박 잊었어요."

"뭘 말인가?"

"제 방의 가스등 끄는 걸 깜박 잊고 말았어요."

"그렇다면 자네 월급에서 내면 되겠군."

필리어스 포그가 냉정하게 말했다.

# 뜻밖의 전보

런던을 떠나면서 필리어스 포그는 이번 여행이 사람들에게 그
토록 화젯거리가 되리라고는 꿈에도 생각하지 못했다.

리폼 클럽에서 퍼지기 시작한 포그의 소문은 신문마다 보도되
어 급기야는 영국 전역에 알려지게 되었다.

'세계 일주 여행' 사건에 대해 각계각층에서 자세한 해설과 더
불어 다양한 내용의 논평을 발표했다.

그들 중에는 필리어스 포그를 지지하는 사람들이 있는가 하면
그런 무모한 여행은 미치광이나 하는 짓이라고 혹평하는 사람
들도 있었다. 전국 주요 일간지들은 한결같이 필리어스 포그를
정신 이상자나 편집광으로 규정했으나 데일리 텔레그래프만은

그를 지지했다. 내기를 좋아하는 사람들은 획기적인 이 사건의 결말을 두고 내기를 걸기 시작했다.

이제 필리어스 포그의 여행에 내기를 건 것은 리폼 클럽의 회원뿐만 아니라 온 국민으로 확산되었다. 혈통 기록서에 등록된 경주마처럼 사람들은 필리어스 포그주를 런던 증권 거래소에 상장했다. 그러자 그 주는 프리미엄이 붙은 채로 어마어마한 거래량을 기록했다.

그가 떠난 지 5일이 지나자 영국왕립지리학회는 이 열기를 식히기 위해 세계 일주 여행에 있을 수 있는 상황을 하나하나씩 따져 신문에 발표했다.

세계 일주 여행에는 사람과 자연 모두에게 결코 무시 못할 방해물이 복병처럼 기다리고 있다. 여행에 성공하려면 출발 시간과 도착 시간이 기적처럼 일치해야 하는데, 그런 기적은 일찍이 존재한 적도 없고 존재할 수도 없다. 열차 여행 구간이 짧은 유럽 내에서는 기차가 제 시간에 도착할 가능성이 크지만, 인도를 횡단하거나 아메리카 대륙을 횡단할 때는 경우가 다르다. 더구나 열차 탈선이나 충돌, 폭우나 폭설 같은 자연 재해는 여행자에게 불리하게 작용할 것이다.

아무리 성능이 좋은 여객선이라도 대서양을 횡단하면서 폭풍우나 안개를 만나 이틀이나 사흘씩 늦어지는 일은 다반사이다.

한 번 출발이 늦어지면 꼬리에 꼬리를 물 듯 다음 출발도 늦어지게 마련이므로 만일 필리어스 포그가 간발의 차로 여객선을 타지 못한다면 이야기는 이미 끝난 셈이다.

왕립지리학회에서 발표한 내용은 거의 모든 신문에 보도되어 필리어스 포그를 지지하던 사람들은 점점 등을 돌리게 되었다. 순식간에 필리어스 포그의 주가는 땅에 떨어졌으며 팔려는 주문이 쇄도했다. 꼭 한 사람, 중풍으로 쓰러진 앨버메이 경은 포그를 지지하는 데 변함이 없었다.

안락의자에 앉은 채 꼼짝도 할 수 없는 명망 높은 이 신사는 십 년이 걸려서라도 세계 일주를 할 수만 있다면 자신의 전 재산을 다 써도 아깝지 않았다.

"어차피 누군가 해야 한다면 우리 영국인이 가장 먼저 하는 게 낫지."

앨버메이 경은 그런 생각을 하고 있었다.

필리어스 포그가 런던을 떠난 지 7일째 되던 날, 뜻밖의 사건이 일어났다. 그날, 오후 9시경 런던 경찰청에 전보 한 통이 날아들었다.

경찰청장님께

잉글랜드은행 도난 사건 용의자인 필리어스 포그를 미행 중이니
즉각 체포 영장을 봄베이로 보내 주시기 바랍니다.

수에즈에서 픽스 형사

경찰청에서는 리폼 클럽으로 형사를 보내 필리어스 포그의 사
진과 범인의 몽타주를 대조해 보았다. 사진을 면밀히 분석해 본
결과 사건 발생 직후 목격자의 진술을 통해 얻어 낸 용의자의 인
상 착의와 일치했다.

사람들은 필리어스 포그의 수수께끼 같은 성품과 고립된 생
활, 갑작스럽게 떠난 여행에 대해 이러쿵저러쿵 떠들어 댔다.

그가 세계 일주를 떠난 것도 영국 경찰의 추적을 따돌리기 위
한 것이라는 결론에 이르렀다.

마침내 이 사건으로 인해 필리어스 포그의 주식은 거래가 중
단되고 말았다.

# 픽스 형사의 미행

필리어스 포그에 대한 전보가 런던 경찰청에 보내진 사건은 10월 9일 수요일에 시작되었다.

사람들은 오전 11시에 입항할 여객선 몽골리아호를 기다리고 있었다. 몽골리아호는 영국을 출발해 수에즈 운하를 지나 봄베이로 가는 여객선이었다.

항구에는 몽골리아호를 초조하게 기다리는 두 영국인이 있었다. 한 사람은 수에즈 주재 영국 영사였고, 나머지 한 사람은 픽스 형사였다.

픽스 형사는 잉글랜드은행 도난 사건 이후, 각국의 주요 항구로 파견된 형사들 중의 한 사람이었다. 그는 수에즈로 오는 여행자들을 감시하고 있었으며, 만일 수상한 사람이 발견되면 체포 영장이 도착할 때까지 미행할 생각이었다.

바로 이틀 전에 픽스 형사는 런던 경찰청으로부터 범인의 인상 착의를 전달받았다.

픽스 형사는 만일 범인을 검거할 경우 받게 될 엄청난 현상금 때문에 누구보다 초조한 모습으로 몽골리아호가 도착하기를 기다리고 있었다.

"영사님, 그러니까 몽골리아호가 제 시간에 도착하지 않은 적이 없었단 말씀이시죠?"

"그렇소."

"단 한 번도 없었습니까?"

픽스 형사는 영사에게 같은 질문을 벌써 여러 번 반복했다.

영사는 약간 짜증이 섞인 목소리로 말했다.

"없었소. 다시 말하지만 규정 시간보다 24시간 앞당겨 올 때마다 정부에서 주는 포상금 25파운드는 항상 몽골리아호의 차지였소."

"여객선은 브린디시에서 곧바로 오나요?"

"브린디시에서 인도로 가는 화물을 싣고 오지요. 토요일 오후 5시에 브린디시를 떠났으니 좀 기다려 봅시다. 그런데 범인이 몽골리아호에 승선했다고 해도 당신이 갖고 있는 몽타주만으로 그 사람을 알아볼 수 있겠소?"

"영사님, 우리는 범인을 눈으로 알아보는 게 아니라 직감으로 알지요. 점잖은 신사로 가장한 범인을 잡은 경험이 여러 번 있었답니다. 이번에도 범인이 배에 타고 있다면 결코 제 손아귀를 빠져나가진 못할 겁니다."

"나도 그렇게 되길 바라오. 이번 사건이 평범한 사건은 아니니까 말이오."

"환상적인 도난 사건이지요. 5만 5천 파운드 도난 사건이라면 흔한 사건은 아니지요. 요즘 경찰청에서는 겨우 푼돈이나 훔치는 좀도둑을 검거하는 데 힘을 쏟고 있으니까요."

"픽스 형사, 하지만 신문에 난 몽타주를 보니 범인은 정직한 신사처럼 보이던데요."

"영사님, 큰 도둑일수록 정직한 신사처럼 변장하는 게 그들의 수법이랍니다.

범인이 험상궂은 놈이라면 금세 잡히고 말겠지요. 바로 정직한 신사의 가면을 벗기는 게 제가 하는 일이랍니다. 물론 쉬운 일은 아니지요."

픽스 형사가 자신감이 넘치는 목소리로 말했다.

배가 들어오는 시간이 가까워 오자 항구는 차츰 활기를 띠기 시작했다.

시간은 10시 30분을 가리키고 있었다.

"수에즈에는 얼마 동안이나 배가 정박하게 됩니까?"

픽스 형사가 물었다.

"석탄을 실어야 하니까 네 시간쯤 정박하게 될 것이오."

"수에즈에서는 곧장 봄베이로 가나요?"

"그렇소."

"그렇다면 범인은 틀림없이 이곳에서 내려 다른 교통편을 이용해 네덜란드나 프랑스령으로 들어갈지도 모릅니다. 영국령인 인도에서는 신변의 위협을 느낄 테니까요."

"만일 범인이 대담한 인물이 아니라면 그럴 수도 있겠지요. 하지만 내 개인적인 생각으로는 영국인 범죄자는 오히려 런던에 숨어 있는 것이 더 안전할 것 같군요."

영사는 이 말 한 마디를 던지고는 영사관을 향해 떠났다.

정각 11시가 되자 여객선의 도착을 알리는 요란한 기적 소리와 함께 몽골리아호가 운하 사이로 미끄러져 들어왔다.

픽스 형사가 승객들의 모습을 유심히 살펴보는 사이에 한 사내가 정중하게 영국 영사관이 어디인지를 물었다.

픽스 형사는 여권을 받아들고 본능적으로 재빨리 그 사람의 인상 착의를 살펴보았다.

"이 여권, 댁의 것입니까?"

"아닙니다. 우리 주인님 것이지요."

"주인은 어디 계십니까?"

"배에 계십니다."

"비자를 받으려면 본인이 직접 영사관으로 가서 신분을 밝혀야 하오."

"꼭 그래야만 하나요?"

"그렇소."

"그렇다면 주인님을 모셔와야겠군요. 귀찮아하실 텐데……."

그 사내는 픽스 형사에게 깍듯이 인사를 한 뒤 다시 여객선으로 돌아갔다.

픽스 형사는 영사관으로 가서 영사에게 방금 벌어진 일을 이야기했다.

"나도 그 사람을 한번 보고 싶군요. 당신 짐작대로 그 사람이 정말 범인이라면 아마 이곳에 나타나지 않을 것이오. 용의주도한 범인은 자신의 흔적을 남기지 않는 법이니까요. 게다가 여권 수속은 의무가 아니잖소."

"만일 그자가 대범한 범인이라면 틀림없이 나타날 겁니다."

"필요하지도 않은 비자를 얻기 위해서 말이오?"

"여권은 정직한 사람들에게는 귀찮은 것이지만 범죄자들에게
는 도주를 용이하게 해 주는 중요한 것이지요. 영사님께서 그
여권에 비자를 내주지 않으셨으면 합니다만……."

"여권에 문제가 없다면 비자를 내주지 않을 이유가 없소."

"그렇지만 영사님, 런던에서 체포 영장이 도착할 때까지는 그 자를 이곳에 붙잡아 두어야 합니다."

"픽스 형사, 그건 당신 문제요."

"그렇기는 하지만……."

"나는 규정대로 처리할 뿐이오."

그때 문을 두드리는 소리가 나더니 두 남자가 들어왔다. 한 사람은 픽스 형사와 이야기를 나누었던 사람이고 다른 한 사람은 그 사람의 주인인 듯했다.

주인은 여권을 내밀어 영사에게 비자를 내 달라고 간단명료하게 말했다.

영사가 주의 깊게 여권을 살펴보는 동안 픽스 형사는 그 신사의 모습을 뚫어지게 바라보았다.

"필리어스 포그 경이십니까?"

"네, 그렇습니다."

"가시는 목적지는?"

"봄베이입니다."

"좋습니다. 봄베이까지 가신다면 비자는 필요 없고 여권도 제출하실 필요가 없습니다."

"알고 있습니다. 하지만 내가 수에즈를 거쳐갔다는 것을 비자로 증명할 수 있게 해 주셨으면 합니다."

"좋습니다."

영사는 여권에 서명을 한 후 날짜를 쓰고 관인을 찍었다.

필리어스 포그가 정중하게 인사를 하고 하인을 데리고 나가자 픽스 형사가 물었다.

"어떻습니까, 영사님?"

"내가 보기에는 훌륭한 신사 같은데요."

"훌륭해 보이는 신사가 바로 범인의 몽타주와 너무 닮았다는 겁니다."

"그건 인정해요. 하지만 몽타주라는 것이……."

"제가 범인을 밝혀내겠어요. 하인이란 친구는 좀 단순해 보이는 프랑스인이더군요. 프랑스인은 입이 가벼워서 하고 싶은 말은 가슴에 담아 두지 못하죠. 자, 그럼 또 뵙겠습니다. 영사님."

픽스 형사는 곧장 두 사람을 찾아 나섰다.

# 인도로 가는 길

　필리어스 포그는 영사관을 나와 파스파르투에게 몇 가지 사올 것을 지시하고 몽골리아호로 돌아가 선실에서 수첩을 꺼내 10월 2일부터 12월 21일까지 날짜를 차례대로 적었다. 그러고는 파리, 브린디시, 수에즈, 봄베이, 캘커타, 싱가포르, 홍콩, 요코하마, 샌프란시스코, 뉴욕, 리버풀, 런던 등 주요 도시의 이름과 도착 예정 시간을 꼼꼼하게 적어 나갔다.

　그는 오늘 날짜 10월 9일 수요일란에 수에즈에 도착한 시간을 기록했다. 예상 시간과 똑같은 시간이었으므로 잃은 것도 남은 것도 없었다.

　한편, 픽스 형사는 부두에서 서성거리는 파스파르투를 쉽게 찾을 수 있었다.

"구경은 좀 하셨습니까?"

"어찌나 바쁘게 돌아가는지 마치 꿈속을 여행하는 것만 같네요. 여기가 바로 수에즈가 맞나요?"

"이집트의 수에즈가 맞아요."

"이집트라니, 정말 믿을 수가 없군. 벌써 파리를 지나쳐 버렸다니……. 세상에, 그 멋진 도시를 마차 안에서 구경만 했다니 그것도 비가 억수같이 쏟아지는 창밖으로 말입니다."

"무척 바쁘신 모양이군요."

"바쁜 사람은 제가 아니라 주인님이랍니다. 참, 양말과 셔츠를 사야 하는데……."

"그럼 제가 시장을 안내해 드리겠습니다."

"참 친절하시군요. 어서 서둘러야겠어요. 배를 놓치면 안 되니까요."

"시간은 충분해요. 이제 겨우 정오니까."

"정오라구요?"

파스파르투는 주머니 속에서 은 시계를 꺼내 보았다.

"내 시계는 9시 52분인데요."

"당신 시계가 늦군요."

"내 시계가 늦다고요? 이 시계는 증조할아버지께 물려받은 건데 1년에 5분도 안 틀리는 정확한 시계랍니다."

"아, 무슨 영문인지 알겠소. 당신은 런던 표준시 그대로 놔뒀군요. 런던과 수에즈는 2시간 시차가 난답니다. 어느 나라를 가든지 그 나라의 시간에 맞춰야 하는 법이지요."

"시간을 다시 맞춘다고요? 그럴 수는 없습니다."

"그럼 시간이 맞지 않는다니까요."

"그야, 시간 잘못이지 내 시계는 잘못한 게 없다고요."

파스파르투는 못마땅한 표정으로 다시 시계를 주머니 속에 넣었다.

"런던을 떠날 때도 그렇게 급하게 서두르셨나요?"

"네, 그랬지요. 급히 서둘러서 겨우 기차를 탔지요."

"당신 주인은 어딜 그렇게 급히 가시는 겁니까?"

"세계 일주를 하는 거랍니다."

"세계 일주라고요?"

"그렇다니까요. 그것도 80일 동안에 말입니다. 내기를 걸었거든요."

"당신 주인은 참 별난 사람이군요. 돈이 많은가 보죠?"

"네, 여행 비용으로 지폐 뭉치를 가방에 하나 가득 넣어 왔으니까요. 몽골리아호 기관사에게 예정보다 봄베이에 일찍 도착하면 포상금을 주겠다는 약속까지 한걸요."

"당신이 주인을 모신 지는 오래 되었나요?"

"웬걸요. 여행 떠나는 날 아침에 고용된걸요."

픽스 형사는 파스파르투의 말을 듣자 더욱 심증을 굳히게 되었다.

"봄베이는 먼가요?"

파스파르투가 물었다.

"아마 배로 10일 정도는 더 가야 할걸요."

"10일이나요? 맙소사! 제가 가스등 끄는 걸 잊었거든요. 여행하는 동안 가스 요금은 제가 내야 한답니다. 가스 요금을 계산해 보니 글쎄 제 월급보다 더 많지 뭡니까. 그러니까 여행이 길어지면……. 휴우, 생각만 해도 한심한 노릇이죠."

파스파르투가 한숨을 쉬며 말했다.

픽스 형사는 파스파르투에게 몽골리아호 출발 시간에 늦지 말라고 당부하고는 서둘러 영사관으로 돌아왔다.

"영사님, 그자가 범인인 것이 확실해졌어요. 그자는 80일 동안 세계 일주를 한다면서 내기를 걸었다지 뭡니까. 우리가 아는 상식으로는 이해할 수 없는 일입니다. 아마 다른 이유가 있을

테지요. 내 추측으로는 그자가 범인이라는 사실은 의심할 여지
가 없어요."

"그게 사실이라면 그자는 상당히 머리가 좋은 사람이군요. 경
찰의 추적을 따돌리고 다시 런던으로 되돌아갈 생각을 하다니
……. 혹시 당신이 잘못 짚은 건 아니겠지요?"

픽스 형사는 영사에게 하인과 나누었던 몇 가지 의심나는 일
들을 이야기해 주었다.

"그렇다면 그가 무엇 때문에 수에즈를 지나쳐 갔다는 확인을
받았을까요?"

영사가 아직도 믿기지 않는 듯 고개를 갸웃거리면서 물었다.

"그거야 저도 모를 일이지요. 어쨌든 런던 경찰청에 전보를 쳐
서 즉시 봄베이로 체포 영장을 보내 달라고 해야겠어요. 저도
몽골리아호에 승선해 그자를 미행하는 겁니다. 그리고 봄베이
에 도착하면 그자의 어깨에 손을 얹고 정중하게 체포 영장을 내
밀어 보이는 겁니다."

픽스 형사는 문제의 그 전보를 런던 경찰청에 보냈다. 그리고
15분 뒤, 그는 가벼운 손가방만 들고 몽골리아호에 승선했다.

몽골리아호는 예정 시간보다 빨리 달리기 위해 연료를 아끼지
않고 항해했다.

브린디시에서 승선한 사람들은 대부분 인도로 가는 사람들이었다. 몽골리아호는 돌풍과 거친 파도에도 불구하고 봄베이를 향해 앞으로 나아갔다.

필리어스 포그는 파도가 거칠어 배가 심하게 흔들려도 늘 냉정하고 초연한 태도로 일관할 따름이었다. 배가 앞뒤로 흔들리건, 좌우로 흔들리건 그는 배 안에서 만난 사람들과 카드놀이에 열중하고 있었다.

파스파르투는 예기치 않았던 이번 여행을 운명으로 받아들였다. 수에즈를 출발한 다음 날인 10월 10일에는 우연히도 이집트에서 만났던 사람을 다시 만나게 되었다.

"당신은 수에즈에서 친절하게 대해 주셨던 바로 그분이 아니십니까?"

파스파르투는 픽스를 보자 반가움에 악수를 청했다.

"나도 봄베이로 가는 중이랍니다. 사실 나는 이 배를 운영하는 회사 직원이랍니다."

"그럼 인도에 대해서 잘 아시겠군요."

"조금 압니다. 인도란 땅은 참 재미있는 곳이지요. 회교 사원에 첨탑들, 코끼리, 뱀, 그리고 무희들까지. 인도는 한번 돌아볼 만한 곳이지요."

"네, 저도 그러고 싶지만 80일 동안 세계 일주를 하려고 여객선에서 내리자마자 기차에 올라타고 기차에서 내리자마자 여객선을 타는 일을 되풀이하니 그럴 시간이 없군요."

"그런데 당신 주인은 잘 지내십니까? 갑판에서는 통 볼 수가 없군요."

픽스 형사가 태연하게 지나가는 말투로 물었다.

"네, 잘 지내고말고요. 주인님은 갑판에는 절대로 나가지 않는답니다. 호기심이라고는 없는 분이니까요."

"혹시 80일간의 세계 일주는 표면적인 이유이고 이 여행에 무슨 숨겨진 비밀 임무 같은 것이 있는 것은 아닙니까? 이를테면 외교적인 임무 같은 것 말입니다."

"저는 그런 거 모릅니다. 알고 싶지도 않고요."

파스파르투는 아무런 의심 없이 픽스의 호의를 기분 좋게 받아들였다.

그러는 사이 몽골리아호는 빠른 속도로 항해를 계속했다.

13일에는 커피밭이 끝없이 펼쳐진 모카를 지나쳤다. 도시를 둘러싼 성벽과 손잡이처럼 생긴 요새의 잔해가 어우러져 도시 전체가 마치 하나의 찻잔처럼 보였다.

밤사이 아랍어로 '눈물의 문'이란 의미를 지닌 바브엘만데브 해협을 통과했고, 그 다음 날인 14일에는 연료를 공급받기 위해 스티머 포인트에 4시간 가량 머물러야 했다.

봄베이까지는 아직 1,650마일을 더 가야 했으므로 몽골리아호는 연료를 충분히 공급받아야만 했다. 4시간쯤 늦어진다고 해서 필리어스 포그의 계획에 큰 차질을 빚을 것은 없었다. 더구나 14일 저녁에 아덴에 도착했으므로 예정 시간보다 15시간은 번 셈이었다. 필리어스 포그와 파스파르투는 여권에 비자를 받기 위해 배에서 내렸다. 픽스 형사는 그들이 눈치채지 않도록 조심하면서 그들을 미행했다.

비자 수속이 끝나자 필리어스 포그는 배로 돌아와 카드 게임을 계속 했다.

아덴에서 봄베이까지는 168시간을 더 가야 했다. 인도양은 마치 몽골리아호에게 선심을 쓰듯 고요하고 잔잔했다. 북서풍이 불어 순풍을 탄 돛이 증기 기관에 힘을 보태주었다.

10월 20일 일요일 정오 무렵 몽골리아호는 인도 연안을 지나쳐 갔다.

4시 30분이 되자 몽골리아호는 마침내 봄베이 항구에 다다랐다. 몽골리아호는 10월 22일 봄베이에 도착할 예정이었으나 예정보다 이틀이나 앞당겨 20일에 도착했으므로 필리어스 포그는 48시간을 번 셈이었다. 필리어스 포그는 수첩에 그 사실을 기록했다.

# 신발 소동

역삼각형 모양의 인도는 면적이 360만 제곱킬로미터인 거대한 나라다. 인구 1억 8천만 명이 살며, 대부분의 영토는 영국이 통치하였다.

인더스강과 갠지스강에 기선들이 오가고 기차가 개통되어 거미줄처럼 인도 전역을 달리고 있어 봄베이에서 캘커타까지는 사흘이면 충분히 갈 수 있었다.

몽골리아호의 승객들이 봄베이에 상륙한 것은 오후 4시 30분이었다. 캘커타행 열차는 8시 정각에 있었다.

필리어스 포그는 카드 게임을 하던 사람들과 작별 인사를 나누고 파스파르투에게는 필요한 물건들을 산 후, 늦지 않게 역으로 오라고 당부한 뒤, 시계추처럼 정확한 걸음걸이로 사인을 받기 위해 영사관으로 향했다.

봄베이는 돌아볼 곳이 많은 도시였으나 그 어느 것도 필리어스 포그의 눈길을 끌거나 발걸음을 머물게 하지 못했다.

그는 영사관을 나와 역으로 향했고 역 구내 식당에서 지배인이 추천하는 토끼 요리를 저녁으로 주문했다.

"혹시 이 토끼를 잡을 때 '야옹' 하지 않던가요?"

필리어스 포그가 지배인에게 물었다.

"별말씀을 다 하십니다. 맹세하건대 토끼가 분명하답니다."

"지배인, 맹세는 함부로 하는 게 아니오. 그리고 기억하시오. 그 옛날 인도에서는 고양이를 신성한 동물로 모셨소. 그때가 좋았지."

"고양이한테 좋은 시절이었다는 말입니까?"

"여행객들한테도 좋은 시절이었지."

필리어스 포그는 아무 일 없다는 듯, 말없이 식사를 했다.

픽스 형사는 필리어스 포그가 배에서 내리자마자 뒤따라 내려 봄베이 경찰서를 향해 곧장 달려갔다. 하지만 아직 체포 영장이 도착하지는 않았다. 봄베이 경찰서장에게 체포 명령을 부탁했으나 이 사건은 엄연히 런던 경찰청 관할이란 이유로 거절당했다. 픽스 형사는 런던에서 체포 영장이 오기만을 기다리는 수밖에 없었다.

파스파르투는 속옷 몇 벌과 양말 몇 켤레를 산 후에, 봄베이 거리를 돌아보았다. 그날은 마침 파르시족의 축제가 열리는 날이었다. 거리에는 축제 행렬이 이어졌고, 아름다운 의상을 차려 입은 여인들이 음악에 맞추어 춤을 추었다.

넋을 잃은 채 축제 행렬을 지켜보던 파스파르투는 아름다운 말라바르 언덕의 힌두교 사원 앞을 지나게 되었다. 그는 못 말리는 호기심에 이끌려 아무 생각 없이 사원 안으로 들어갔다. 파스파르투는 두 가지 중요한 사실을 모르고 있었다. 첫째는 기독교인의 출입을 엄격히 금지한다는 것이고, 둘째는 성전 안에 들어갈 때에는 문밖에 신발을 벗어 놓아야 한다는 것이었다.

금과 은으로 장식된 화려한 건축물을 둘러보던 파스파르투는 갑자기 성전 바닥에 내동댕이쳐졌다. 승려 세 사람이 달려와 그의 신발을 거칠게 벗기고는 욕설을 퍼부으며 사정없이 두들겨 패기 시작했다.

힘이 센 파스파르투는 벌떡 일어나 거추장스러운 옷 때문에 별 힘을 쓰지 못하는 승려 두 사람을 그 자리에서 때려눕히고 겨우 밖으로 도망쳐 나왔다.

7시 55분, 그러니까 기차가 출발하기 5분 전에 파스파르투는 간신히 역에 도착했다. 신발은 물론 양말과 모자, 시장에서 산 물건들까지도 잃어버린 채였다.

픽스 형사도 그 시각에 봄베이 역에 나와 있었다. 필리어스 포그를 미행하면서 역까지 따라왔다가 그들이 봄베이를 떠나려 한다는 사실을 알게 된 것이었다. 어둠 속에 숨어서 픽스 형사는 그들이 하는 말을 엿들었다.

"파스파르투, 다시는 이런 일이 없도록 하게."

필리어스 포그는 짧막하게 말한 뒤 기차에 올랐다. 파스파르투는 가엾게도 맨발로 주인의 뒤를 따라갔다.

순간, 픽스 형사는 문득 좋은 생각이 떠올라 계획을 바꾸었다.

'그래, 나는 이곳에 남는 게 좋겠어. 파스파르투가 인도 땅에서 죄를 지었으니 그들은 내 손 안에 있는 거나 다름없지.'

# 코끼리를 타고

기차는 정시에 출발했다. 파스파르투는 필리어스 포그와 같은 칸에 앉았고 맞은편 자리에는 배 안에서 카드 게임을 하던 육군 장교 프랜시스 크로마티 경이 앉아 있었다.

크로마티 경은 훤칠한 키에 금발 신사로 50세 가량 되어 보였다. 어린 시절부터 인도에서 살았던 그는 인도의 풍습이나 역사에 대해 해박한 지식과 경험을 갖고 있었다.

봄베이를 떠난 지 1시간 가량 지나자 기차는 울창한 숲을 지나게 되었다.

"몇 해 전까지만 해도 이 부근을 지날 때면 기차가 늦어지곤 했지요. 지금이야 괜찮지만……. 아마 그랬다면 당신의 여행에 큰 지장을 초래했겠지요."

크로마티 경이 말했다.

"그건 왜죠, 크로마티 경?"

"그 당시엔 산비탈에서 철로가 끊겼기 때문에 칸달라 역까지
는 조랑말이나 가마를 타고 가야 했답니다."

"그 정도는 제 여행에 큰 문제가 되진 않아요. 예상된 일이었
으니까요."

"하지만 포그 씨, 당신 하인이 일으킨 소동으로 큰 곤욕을 치
르지 않았습니까?"

파스파르투는 자신의 이야기를 하는 줄도 모르고 깊은 잠에
빠져 있었다.

"영국 정부는 그와 같은 범법 행위에 대해 매우 엄격하답니다.
힌두교 관습을 존중하는 데 특별히 신경을 쓰고 있죠. 만일 당
신 하인이 구속되었더라면……."

"그렇다면 유죄 판결을 받고 조용히 유럽으로 돌아갔겠지요."

밤사이 기차는 고츠산맥을 넘어 나시크를 지나 칸데시평야를
지났다.

파스파르투는 잠에서 깨어나 창밖을 내다보았다. 기관차가 뿜
어 내는 증기는 종려나무 숲 위를 맴돌다가 이내 사라졌다.

잠시 후, 끝이 보이지 않는 대평원이 이어지더니 밀림이 나타났다. 밀림 속의 동물들이 증기 기관차의 기적 소리에 깜짝 놀랐다.

이튿날 12시 30분에 기차는 베르함푸르 역에 도착했다. 파스파르투는 그곳에서 가짜 진주가 달려 겉보기에는 화려하지만 걷기에는 무척 불편한 슬리퍼를 비싼 값을 치르고 산 후, 자랑스럽게 신고 기차를 탔다.

다음 날인 10월 22일, 크로마티 경이 시간을 묻자 파스파르투는 새벽 3시라고 했다.

크로마티 경은 여전히 영국 시간인 파스파르투의 시계를 바로 잡아 주기 위해 픽스 형사와 똑같은 말을 했다.

"자네는 시간을 맞추지 않았군. 우리는 동쪽을 향해 해를 바라보고 가기 때문에 경도 1도씩 움직일 때마다 해가 4분씩 짧아지며 따라서 지역이 바뀔 때마다 시계를 다시 맞추어야 한다네."

파스파르투는 크로마티 경의 설명을 귀담아듣지 않고 못 들은 척하면서 끝내 시간을 맞추지 않았다.

아침 8시가 되자 로탈 역을 15마일 앞두고 갑자기 기차가 숲 속 한복판에서 멈추었다.

"모두 내려 주십시오."

역무원이 객차를 돌며 외치는 소리가 들렸다.

파스파르투가 무슨 일인지 알아보기 위해 밖으로 나가 보더니 소리쳤다.

"주인님! 철길이 없어요!"

"무슨 소린가?"

"철길이 없어서 더 이상 기차가 갈 수 없어요!"

크로마티 경이 자리에서 일어났다. 그러자 필리어스 포그는 서두르는 기색 없이 그의 뒤를 따랐다.

"여기가 어딥니까?"

크로마티 경이 역무원에게 물었다.

"콜비 마을입니다. 철도가 완성되지 않아 더 이상 갈 수 없습니다. 철도가 이어진 알라하바드 구간까지 50마일 정도 더 가야 합니다."

"신문에서는 철도가 완전히 개통되었다고 하던데……."

"그야, 신문 보도는 늘 그렇지요."

"그런데 봄베이에서 캘커타까지 표를 팔았단 말이오?"

크로마티 경이 흥분해서 소리쳤다.

"대부분의 승객들은 콜비에서 알라하바드까지는 각자 알아서 가야 한다는 사실을 알고 있는걸요."

역무원의 말에 파스파르투는 그를 한 방 먹이고 싶은 마음을 꾹 참았다.

"크로마티 경, 알라하바드까지 갈 수 있는 방법을 좀 생각해 봅시다."

필리어스 포그가 담담한 표정으로 말했다.

"포그 씨, 이 일은 당신의 일정을 지연시킬 수 있는 불리한 상황입니다."

"미리 예견했던 일입니다."

"아니, 그럼 철로가 없다는 것을 미리 알았다는 말입니까?"

"물론, 모르고 있었죠. 다만 언제고 장애물이 나타날 것이라는 사실은 알고 있었다는 것이죠. 그러나 아직 일을 그르친 것은 아닙니다. 그동안 2일이나 저축해 놓은 셈이니까요. 오늘이 22일이지요? 캘커타에서 홍콩으로 떠나는 배가 25일 정오에 있으니까 시간은 충분합니다."

그 지점에서 철도가 중단되었다는 것은 명백한 사실이었다. 신문에서 마치 빨리 가는 시계처럼 철도의 개통을 너무 일찍 보도한 것이었다. 대부분의 여행객들은 이곳에서 철도가 끊긴다는 사실을 알고 있었으므로 기차에서 내리자마자 마을에서 구할 수 있는 온갖 교통수단을 다 동원해 길을 떠났다.

필리어스 포그와 프랜시스 크로마티 경은 마을을 샅샅이 뒤져 보았으나 교통수단으로 남아 있는 것은 찾을 수가 없었다.

　"하는 수 없군. 걸어가는 수밖에."

　필리어스 포그의 말에 파스파르투의 표정이 일그러졌다. 겉보 기에는 화려하지만 걷기에는 불편하기 짝이 없는 자신의 신발 때문이었다.

　"주인님, 탈것을 한 가지 발견하긴 했어요."

　"그게 뭔가?"

　"코끼리요. 코끼리라도 타고 갈 수만 있다면 좋겠는데……."

　세 사람은 코끼리가 있다는 오두막집으로 갔다. 그 코끼리는 짐을 실어나르는 코끼리가 아니라 절반쯤 가축으로 길들여진 싸움용 코끼리였다.

　그러나 인도에서는 코끼리가 갈수록 귀해지고 있어 값이 만만 치가 않았다. 특히 곡마단에서는 싸움용 코끼리로 수놈만 길들 이기 때문에 더욱 값이 비쌌다.

　필리어스 포그는 여러 번 흥정한 끝에 마침내 2천 파운드에 코끼리를 샀다.

　"불편한 내 신발 때문에 그렇게 비싼 값을 치르고 코끼리를 사 다니……."

파스파르투는 필리어스 포그가 지폐로 코끼리 값을 치를 때, 마치 그 돈이 자신의 뱃속에서 빠져나가는 느낌이 들었다.

"크로마티 경, 알라하바드 역까지 함께 가시지요."

"고맙소, 포그 씨."

필리어스 포그와 프랜시스 크로마티 경은 각각 의자 위에 걸터앉았다. 파스파르투는 코끼리 등을 덮은 모포 사이에 앉고, 안내인은 코끼리 목 위에 앉았다.

9시 정각이 되자 코끼리는 작은 마을을 떠나 종려나무가 울창한 숲속 지름길로 들어섰다.

# 아우다 부인 구출 작전

안내인은 시간을 줄일 수 있는 지름길로 가기 위해 공사 중인 철길 대신 밀림을 택했다.

코끼리는 안내인이 이끄는 대로 육중한 몸을 움직이며 걷기 시작했다. 코끼리의 움직임에 따라 등에 탄 사람들의 몸도 덩달아 이리저리 흔들렸다.

필리어스 포그와 크로마티 경은 영국 신사답게 침착하게 흔들림을 견뎌 냈다.

안내인은 코끼리가 지치지 않도록 이따금씩 가방 속에서 각설탕을 꺼내 코끼리에게 주었다. 코끼리는 발걸음을 늦추지 않으면서 익숙한 솜씨로 코끝을 이용해 각설탕을 받아 먹었다.

그렇게 두 시간을 간 다음 안내인은 코끼리를 멈춰 세우고 한 시간 가량 쉬게 했다.

저녁 8시, 빈디아산맥의 가장 높은 봉우리를 넘은 일행은 산기슭의 오두막에서 쉬어 가기로 했다. 안내인이 모닥불을 피우고, 콜비 마을에서 산 식료품으로 간단한 저녁 식사를 마친 후 모두들 달콤한 잠에 빠져들었다.

아침 6시가 되자 일행은 다시 길을 떠났다. 오후 8시까지는 알라하바드 역에 도착할 예정이었다. 이대로만 간다면 별탈 없이 도착해 그동안 벌어 놓은 48시간 중에 일부만 잃어버리는 셈이었다. 안내인은 사람들이 사는 마을은 위험하다고 판단해 인적이 드문 숲길로 갔다. 일행은 바나나나무 밑에서 잠시 쉬면서 '빵만큼 건강에 좋고 크림처럼 달콤한' 바나나를 마음껏 먹었다.

다시 길을 떠나 울창한 숲속을 가는데 갑자기 코끼리가 불안한 기색을 보이며 멈춰 서고 말았다.

"무슨 일인가?"

프랜시스 크로마티 경이 안장 위로 머리를 내밀며 물었다.

안내인이 숲속에서 나는 소리에 귀를 기울였다. 저 멀리서 슬픈 곡조의 음악 소리가 들려왔다. 안내인이 내려서 코끼리를 나무에 묶어 놓고 숲속을 살피러 갔다.

"힌두교도들의 행렬입니다. 들키면 위험하니 어서 숨어야 합니다."

안내인은 나무에 묶은 코끼리를 풀어 덤불 속으로 데리고 갔다. 사람들의 목소리와 악기 소리가 뒤섞인 소음이 점점 가까이 들려왔다.

필리어스 포그 일행은 숨을 죽이고 나뭇가지 사이로 그들의 행렬을 지켜보았다.

맨 앞줄의 행렬에는 울긋불긋한 옷을 입은 승려들과 그들을 둘러싼 남자와 여자들, 그리고 어린이들이 슬픈 곡조로 노래를 불렀다. 그 다음 행렬에는 바퀴에 뱀이 그려진 수레를 소 두 마리가 끌고 있었는데, 그 위에는 무시무시한 괴물상이 버티고 있었다. 몸빛이 붉은 괴물상은 팔이 네 개에 머리칼은 뒤엉켰고 혀는 길게 늘어졌으며 입술은 빨간 열매로 물들여 검붉은 빛을 띠었다.

"사랑과 죽음의 여신 칼리로군."

크로마티 경이 조그맣게 속삭이듯 말했다.

"죽음의 여신이라면 몰라도 사랑의 여신 같지는 않은걸요."

파스파르투의 말에 안내인이 조용히 하라는 신호를 보냈다.

화려한 의상을 걸친 힌두교도 몇 사람이 몸을 제대로 가누지 못하는 한 여인을 끌고 왔다. 젊은 여인은 머리와 목, 귀, 팔, 손, 심지어 발가락까지 화려한 보석으로 치장하고 있었다.

그 여인 뒤로 칼을 허리에 찬 호위대가 시체가 누워 있는 가마를 들고 왔다. 시체는 살아 있을 때처럼 머리에 진주가 박힌 터번을 두르고 금실로 짠 비단 옷에 다이아몬드를 박은 허리띠를 하고 있었다. 죽은 사람은 다름 아닌 인도의 작은 부족을 다스리던 늙은 왕이었다.

프랜시스 크로마티 경은 이 화려한 행렬을 슬픈 표정으로 지켜보았다.

"수티로군."

그 행렬은 숲속으로 느리게 이어지다가 마침내 사라지고 고요한 정적만이 남았다.

"수티가 뭡니까?"

필리어스 포그가 물었다.

"수티란 희생을 스스로 원하는 사람을 제물로 바치는 것을 말합니다. 조금 전의 그 아름다운 여인은 내일 아침 해가 뜨자마자 불태워질 것입니다."

"네에? 산 사람을 불태운다고요? 천하에 몹쓸 사람들 같으니라고!"

파스파르투가 흥분해서 말했다.

"그럼, 그 시체는요?"

"그 여인의 남편이죠. 분델칸드를 독자적으로 다스리던 왕이었어요."

필리어스 포그의 질문에 안내인이 대답했다.

"그런 야만적인 관습이 아직까지 남아 있는데도 영국 정부에서는 전혀 손을 쓰지 않는단 말입니까?"

"인도의 대부분의 지역에서는 이제 그런 관습을 찾아볼 수 없어요. 다만 이렇게 험준하고 외딴 지역인 분델칸드 같은 곳은 영국 정부도 힘을 쓸 수 없어요."

"가엾어라. 저토록 아름다운 여인이 산 채로 불태워지다니 쯔쯧……."

"하지만 그렇게 죽지 않으면 끔찍한 수난이 기다리고 있지요. 여인의 머리카락을 자르고 겨우 쌀 한 줌만 주어 쫓아내는데 어디를 가나 그 여인은 더러운 여자로 취급당하다 마침내는 병든 개처럼 죽어 가게 됩니다. 여인들은 사랑이나 종교적 신념 때문이 아니라 그토록 끔찍하게 살아가느니 차라리 비참하게 고통 속에서 죽기를 택하는 거죠."

"내일 아침에 해가 떴을 때 치러지는 의식은 본인의 뜻이 아니랍니다."

크로마티 경의 말에 안내인이 덧붙여 말했다.

"하지만 그 여인은 아무런 저항도 하지 않는 것 같던데……."

"그야 대마초의 환각에 취해 있기 때문이죠."

"여인을 어디로 데리고 가는 겁니까?"

"여기서 2마일 떨어진 필라지 사원으로 데려가 그곳에서 밤을 보낼 겁니다."

안내인이 말했다.

"가엾은 그 여인을 우리가 구해 주는 게 어떻습니까?"

"그 여인을 구하겠다고요?"

필리어스 포그의 말에 크로마티 경이 놀라서 말했다.

"아직 12시간 여유가 있습니다. 그 시간을 바로 그 일을 위해 쓰는 겁니다."

"알고 보니 당신은 가슴이 따뜻한 사람이군요."

크로마티 경이 감동해서 말했다.

"가끔씩 시간이 있을 때는 그렇습니다."

그 여인을 구한다는 것은 무모하기 짝이 없는 불가능한 계획이었다. 필리어스 포그는 생명을 위협받게 될지도 모르고 구속될지도 모르는 그 일에 주저 없이 뛰어들었다. 이번 여행 또한 물거품으로 돌아갈지도 모를 일이었다. 그러나 그의 곁에는 프랜시스 크로마티 경이란 믿음직한 사람이 있었다.

게다가 파스파르투는 아무리 힘든 일이라도 행동에 옮길 준비가 되어 있는 사람이었다. 이번 일을 통해 그는 얼음장처럼 차갑게 느껴지던 주인의 따스한 마음을 읽을 수가 있었다.

"자네도 이 일에 동참할 텐가?"

크로마티 경이 파시족 청년인 안내인에게 물었다.

"가엾은 그 여인도 저와 같은 동족이랍니다. 저도 최선을 다해서 돕겠습니다. 그 여인은 봄베이의 부유한 상인의 딸인데 이름은 아우다라고 합니다. 영국식 교육을 받은 그녀는 부모가 세상을 떠나자 분델칸드의 늙은 왕과 강제로 결혼을 하게 되었고 3개월 후에 남편이 죽자 자신을 기다리는 운명을 알고 도망쳤지만 결국 붙잡혀, 도저히 빠져나올 수 없는 형벌을 기다리고 있는 것입니다."

안내인의 이야기는 필리어스 포그 일행에게 더 큰 용기와 힘을 실어 주었다.

저녁 6시가 되자 어둠이 깔리기 시작했다. 일행은 코끼리를 몰고 필라지 사원에서 5백 발자국 떨어진 강가의 수풀 속에 몸을 숨겼다. 어둠 속에서 사원의 모습은 잘 보이지 않았지만 신도들이 울부짖는 소리가 어렴풋이 들려왔다.

송진을 묻힌 횃불 아래 겹겹이 쌓인 장작더미가 보였다. 그것은 백단향 향유로 미리 적셔 둔 화형용 장작이었다. 장작더미 위에는 방부 처리된 왕의 시신이 살아 있는 자신의 아내와 함께 불태워지기를 기다리고 있었다.

일행은 우거진 수풀을 헤치고 바람에 수런거리는 나뭇가지 사이를 지나 사원 가까이 다가갔다. 횃불이 사원 안의 모습을 비추었다. 대마초에 취한 사람들이 몸을 가누지 못한 채, 사방에 흩어져 잠들어 있었다.

안내인은 칼을 찬 호위대가 횃불을 손에 들고 사원 앞을 지키고 서 있는 모습을 보자 더 이상 가까이 갈 수가 없었다.

필리어스 포그 일행은 지금은 행동으로 옮길 때가 아니라는 사실을 깨달았다.

"자정이 되면 모두들 곯아떨어져 잠이 들 테니, 그때까지 기다려 봅시다."

일행은 숲속에서 숨을 죽이고 자정이 되기를 기다렸다. 안내인이 이따금씩 동정을 살피러 갔다가 돌아왔다.

자정이 되어도 호위병들이 횃불을 들고 움직이는 그림자가 보였다.

12시 30분이 되자 일행은 호위병들에게 들키지 않게 조심하면서 안내인을 따라 사원 담장 끝에 닿았다.

필리어스 포그 일행이 가진 것이라곤 주머니칼 뿐이었다. 다행히 사원 벽은 벽돌과 나무를 섞어 만들어 주머니칼로 구멍을 뚫기가 그다지 어렵지는 않았다.

그때 사원 안에서 누군가를 부르는 소리가 들렸다. 일행은 하던 일을 멈추고 주위가 잠잠해지기를 기다렸다. 사원 뒤쪽에서 호위병들이 나타나 저마다 자기 위치에 서서 주위를 살피고 있었다.

"경비가 삼엄해서 어떻게 할 도리가 없는데요."

안내인이 실망한 목소리로 말했다.

"몇 시간 후면 해가 뜰 텐데 정말 큰일이군."

크로마티 경이 말했다.

어느새 시간이 흘러 새벽빛이 어둠을 걷어 내고 있었다. 마침내 여인이 목숨을 바쳐야 할 때가 된 것이다.

사원 문이 열리면서 환한 빛줄기가 쏟아졌다. 승려 두 사람이 여인을 끌고 나왔다. 그 여인은 환각 상태를 떨쳐 내고 어떻게든 이 악몽에서 벗어나기 위해 마지막 몸부림을 치는 것처럼 보였다.

사람들이 술렁거리기 시작했다. 여인은 다시 대마 연기에 취해 있었다. 필리어스 포그와 크로마티 경은 마지막 행렬에 합류해 그들의 뒤를 따라갔다.

마침내 강가에 도착한 그들은 왕의 시신이 누워 있는 곳에서 걸음을 멈추었다. 새벽 어둠 속에서 남편의 주검 옆에 죽은 듯이 누워 있는 여인의 모습이 보였다. 횃불 하나가 불을 당기자 기름에 흠뻑 젖은 장작에 불이 붙기 시작했다.

그때 필리어스 포그가 장작더미를 향해 뛰어들려고 하자 크로마티 경이 겨우 그를 말렸다.

그 순간 사람들의 비명 소리가 들리더니 모두들 땅바닥에 엎드렸다. 죽은 왕이 벌떡 일어나 여인을 안고 유유히 장작더미에서 걸어 나오고 있었다.

사람들은 두려움에 얼굴을 땅에 묻었다. 그 누구도 감히 그 경황을 지켜볼 엄두를 내지 못했다. 하지만 그는 바로 파스파르투였다.

"자, 어서 달아납시다!"

네 사람은 숲속으로 재빨리 사라졌고 코끼리는 그들을 싣고 숲속으로 내달렸다.

비명 소리와 함께 총소리가 나더니 총알 하나가 필리어스 포

그의 모자에 구멍을 뚫었다.

불타는 장작더미 옆에서 늙은 왕의 시체가 발견되자 승려들은 누군가 여인을 납치해 갔다는 사실을 알게 된 것이었다.

호위병들이 총을 쏘며 추격했지만 필리어스 포그 일행은 총알의 사정권에서 벗어나 있었다.

구출 작전은 대성공을 거두었다. 파스파르투의 얼굴에는 미소가 지워지지 않았다.

"파스파르투, 정말 잘했네."

크로마티 경은 파스파르투의 손을 잡으며 말했다.

"이 일이 성공한 것은 모두 주인님 덕분이죠. 저는 그저 엉뚱한 생각을 한 것뿐입니다."

파스파르투는 소방관이나 곡예사로 일했던 자신이 잠시나마 아름다운 여인의 남편이자 방부 처리가 되어 있던 분델칸드 왕이었다는 사실을 생각하면 절로 웃음이 나왔다.

아름다운 인도 여인은 무슨 일이 일어났는지조차 전혀 알지 못한 채 여행용 모포에 싸여 곤하게 잠들어 있었다.

필라지 사원을 떠난 지 1시간이 지나자 일행은 광활한 평원으로 나왔다. 7시가 되었지만 여인은 환각 상태에서 아직도 깨어나지 못했다.

"아우다 부인이 환각 상태에서 깨어나리라는 건 확신하지만 인도 땅에 있는 한 부인의 운명은 장담할 수 없을 걸세."

크로마티 경이 걱정스럽게 말했다.

"힌두교도들에게 다시 붙잡히면 아마 안전하지 못할 거예요."

안내인이 한 마디 덧붙였다.

10시경이 되자 일행은 마침내 알라하바드 역에 도착했다. 캘커타까지는 기차로 하루면 갈 수 있었다. 그렇다면 필리어스 포그는 다음 날인 10월 25일 정오에 홍콩으로 떠나는 여객선을 탈 수 있었다.

역 안에 마련된 방에서 아우다 부인을 쉬게 하고 필리어스 포그는 파스파르투에게 부인에게 필요한 모든 것을 사오라고 시켰다. 까다로운 유대인 노인이 운영하는 상점에서 파스파르투는 스코틀랜드산 옷감으로 만든 드레스와 망토, 그리고 멋진 수달 가죽 외투를 75파운드에 샀다.

파스파르투가 역에 도착하자 아우다 부인은 조금씩 정신을 차리기 시작했다. 약효가 떨어지자 인도 여인의 부드러움을 되찾기 시작한 것이었다.

기차가 떠날 시간이 되자 포그가 안내인에게 말했다.

"자네는 내 일을 헌신적으로 도와주었네. 자네가 한 일에 대해서는 값을 치르지만 헌신에 대해서는 어떻게 사례를 해야 할지 모르겠네. 그래서 이 코끼리를 자네에게 선물로 주겠네.”

“너무 과분한 선물입니다.”

안내인이 기쁨에 넘친 얼굴로 말했다.

“용감하고 씩씩한 녀석이니 잘 키우게.”

파스파르투가 코끼리에게 각설탕을 주면서 말했다. 그러자 코끼리가 소리를 내지르더니 파스파르투의 허리를 코로 감아 하늘로 들어올렸다.

일행은 안내인과 작별 인사를 하고 기차에 올랐다. 필리어스 포그와 크로마티 경과 파스파르투는 편안한 자리를 잡은 후 아우다 부인을 가장 쾌적한 자리에 앉게 했다.

아우다 부인이 정신을 차리자 프랜시스 크로마티 경이 지금까지 있었던 일들을 상세히 이야기해 주었다. 그는 필리어스 포그가 그녀를 구하기 위해 생명을 걸었다는 사실과 파스파르투의 기발한 상상력으로 성공리에 구출 작전을 마칠 수 있었음을 거듭 강조했다.

아우다 부인은 생명을 구해 준 사람들에게 눈물로 고마움을 전했다. 다시금 끔찍한 수티 장면이 떠오르자 그녀는 두려움에 몸을 떨었다.

"아우다 부인, 홍콩까지 모셔다 드릴 테니 이번 사건이 잠잠해
질 때까지 그곳에서 지내는 게 어떻겠습니까?"

아우다 부인은 필리어스 포그의 제안을 고맙게 받아들였다.
영국령인 홍콩에는 마침 가까운 친척이 살고 있었다.

12시 30분, 기차는 베나레스 역에 도착했다. 크로마티 경은
베나레스에서 내려야 했다.

"포그 경, 지금부터는 위험한 여행이 아니라 유익한 여행이 되
길 바라오."

크로마티 경이 필리어스 포그와 악수를 나누면서 말했다.

아우다 부인은 크로마티 경에게 상냥한 미소로 작별 인사를
보냈다. 파스파르투와도 악수를 나누고 그들은 헤어졌다.

기차는 갠지스강 계곡을 끼고 달리기 시작했다. 차창을 통해
짙푸른 산과 옥수수밭과 밀밭이 지나갔다. 초록빛 악어들이 살
고 있는 늪과 강을 지나 푸른 삼림이 모습을 드러냈다.

밤이 되자 기차는 호랑이와 늑대의 울부짖는 소리를 들으며
전속력으로 갠지스강을 가로질러 갔다.

7시가 되자 기차는 캘커타에 도착했다. 홍콩으로 떠나는 여객
선은 정오에 출발하므로 5시간의 여유가 있었다.

일정표에 의하면 필리어스 포그는 인도의 수도에 10월 25일,

그러니까 런던을 출발한 지 23일 만에 도착해야 하는데 늦지도 이르지도 않게 온 셈이었다. 런던에서 봄베이까지 오면서 벌었던 이틀은 인도 반도를 횡단하면서 잃어버린 셈이지만 필리어스 포그는 결코 후회하지 않았다.

# 가벼워진 돈 가방

기차가 캘커타 역에 도착하자 필리어스 포그는 여인에게 한 쪽 팔을 내준 채 나란히 플랫폼에 내렸다. 인도에서는 아우다 부인이 매우 위험하므로 필리어스 포그는 그녀를 가까이서 보살펴 주었다.

필리어스 포그가 기차역을 빠져나가려는 순간 경찰관이 다가와서 물었다.

"필리어스 포그 씨입니까?"

"그렇소."

"그럼, 저 사람이 당신 하인입니까?"

경찰이 파스파르투를 가리키며 말했다.

"그렇소만."

"그렇다면 두 분 다 저를 따라오십시오."

필리어스 포그는 놀라는 기색 없이 침착하게 행동했다. 경찰관은 법을 집행하는 사람이었으며, 법은 모든 영국인에게 신성한 것이었다.

"이 여인도 함께 가도 될까요?"

"좋도록 하시오."

필리어스 포그의 물음에 경찰관이 대답했다.

"무엇 때문이지요?"

파스파르투가 물었다.

"가 보면 알게 될 겁니다."

대답을 마친 경찰은 바퀴가 네 개 달린 '팔키가리'라는 마차에 일행을 태웠다. 마차는 빈민굴을 지나 푸른 야자수가 우거진 유럽인 구역의 한 건물 안으로 일행을 데리고 갔다.

"8시 30분에 오바디아 판사 앞에 출두해야 합니다."

경찰이 필리어스 포그에게 말한 뒤 문을 닫고 나갔다.

그러자 파스파르투가 의자에 털썩 주저앉으면서 소리쳤다.

"우린 지금 붙잡힌 거예요."

"……."

그러나 필리어스 포그는 아무 말도 하지 않았다.

아우다 부인은 감정을 숨기려 했지만 쉽지 않았다.

"절 두고 가세요. 절 구해 주신 일 때문에 붙잡히신 거예요."

"그런 일은 있을 수 없습니다. 어떠한 일이 있어도 부인을 홍콩까지 모셔다 드리겠습니다."

"하지만 주인님, 홍콩으로 떠나는 배는 12시에 있는걸요."

"우린 12시가 되기 전에 그 배를 타게 될 걸세."

필리어스 포그가 단호한 목소리로 말했다.

8시 30분이 되자 문이 열리고 경찰이 옆에 딸린 법정으로 그들을 데리고 갔다.

이윽고 몸집이 뚱뚱한 오바디아 판사가 서기를 데리고 나타나더니 벽에 걸린 가발을 익숙한 솜씨로 머리 위에 얹었다.

"이런, 이건 내 가발이 아니군."

오바디아 판사가 혼잣말처럼 중얼거렸다.

"오바디아 판사님, 그건 제 가발인데요."

"서기의 가발을 쓴 판사가 어떻게 제대로 된 판결을 내릴 수 있겠나?"

판사와 서기는 재빨리 자신들이 들고 있던 가발을 맞바꿔서 머리에 썼다.

"첫 번째 소송! 필리어스 포그."

"네, 제가 바로 필리어스 포그입니다."

"이틀 전부터 봄베이에서 오는 모든 열차를 감시하면서 당신들을 기다리고 있었소."

"대체 우리가 무슨 죄를 지었단 말씀이십니까?"

판사의 말에 파스파르투가 용기를 내어 물었다.

"이제 곧 알게 될 거요."

"……."

판사의 명령에 따라 문이 열리더니 숲속에서 보았던 승려 세 명이 모습을 드러냈다. 그 순간 파스파르투는 가슴이 덜컹 내려앉았다.

'역시 그렇군. 부인을 불태워 죽이려던 그 승려들이 고소를 한 거야.'

승려들이 판사 앞에 서자 서기가 소리를 높여 힌두교 성지를 모독한 죄로 고발되었다는 사실을 낭독했다.

"들으셨소? 필리어스 포그 씨."

"네, 그렇습니다. 재판장님, 시인합니다. 그리고 저 사제들도 필라지 사원에서 무슨 일을 저지르려고 했는지 시인하길 바랍니다."

승려들은 무슨 영문인지 몰라서 서로의 얼굴을 바라보았다.

"저들은 끔찍하게도 필라지 사원에서 살아 있는 여인을 불태워 죽이려고 했다고요!"

파스파르투가 감정을 억누르지 못하고 소리쳤다.

"아니, 뭐라고요? 봄베이 한복판에서 여인을 불태우려 했다고요?"

판사가 놀란 토끼처럼 눈을 커다랗게 뜨고 물었다.

"필라지 사원이 아니라 봄베이의 말라바르 사원에서 말이오."

"여기 증거품으로 신을 모독한 자의 신발이 있습니다."

서기가 신발 한 켤레를 책상 위에 올려놓았다.

파스파트루는 사건의 핵심을 잘못 알고 있었던 것이다.

"어? 내 신발."

파스파르투는 말라바르 사원에서 사고친 일로 캘커타 법정에 서게 된 것이었다.

픽스 형사가 영국 정부가 이런 종류의 사건을 엄하게 다스린 다는 사실을 알고 말라바르 사원의 사제들에게 고소를 권유했 던 것이다. 그러고 나서 그는 사제들과 함께 신성 모독죄를 범 한 사람들의 뒤를 쫓아왔고, 전보를 쳐 필리어스 포그가 기차에 서 내리자마자 체포하도록 조치를 해 두었던 것이다.

"피고는 범죄 사실을 시인합니까?"

오바디아 판사가 파스파르투에게 물었다.

"네, 시인합니다."

"영국 정부는 인도의 모든 종교가 균등하고 엄격하게 보호되기를 바라는 바, 피고 파스파르투가 10월 20일 봄베이 말라바르 사원에서 저지른 신성 모독죄를 시인함에 따라 구류 15일과 벌금 3백 파운드를 선고합니다."

"네엣? 3백 파운드라고요?"

벌금에만 정신이 쏠린 파스파르투가 자기도 모르게 큰 소리로 외쳤다.

"또한 주인은 자신이 고용한 하인의 행동에 책임을 져야 한다는 근거로 필리어스 포그에 대해서도 구류 8일과 벌금 150파운드를 선고합니다."

판사의 말에 방청석에 앉아 있던 픽스 형사는 미소를 지었다.

그 정도의 기간이라면 영장이 도착하고도 남을 시간이므로 필리어스 포그를 체포하는 일은 시간 문제였다.

파스파르투는 2만 파운드 내기에서 지고 말 이 판결이 주인을 파경으로 몰아간다는 사실을 누구보다 더 잘 알고 있었다. 쓸데없는 호기심에 이끌려 몹쓸 사원에만 들어가지 않았더라도 결코 이런 일은 일어나지 않았을 것이다.

하지만 필리어스 포그는 마치 이 판결이 자신과는 아무 상관이 없다는 듯이 눈썹 하나 까딱하지 않았다.

"보석을 신청합니다."

"그럴 권리가 있소."

필리어스 포그의 말에 재판관이 대답했다.

"필리어스 포그와 그 하인이 외국인이라는 사실을 참작해 두 사람에게 각각 1천 파운드의 보석금을 선고합니다."

판사의 말에 픽스 형사는 등골이 서늘해짐을 느꼈다.

필리어스 포그는 파스파르투가 들고 있는 가방 속에서 2천 파운드를 꺼내 서기장의 책상 위에 올려놓았다.

"보석을 허가합니다."

판사 말이 끝나기가 무섭게 필리어스 포그 일행은 법정을 나왔다.

"이봐요, 신발은 돌려 줘야 할 것 아니오?"

"가져 가시오!"

법정을 나오면서 파스파르투가 말했다.

"거참, 신발값 한번 되게 비싼걸. 신발 한 짝에 1천 파운드씩이나 하다니."

신발을 돌려받은 파스파르투가 툴툴거렸다.

필리어스 포그 일행은 마차를 타고 홍콩으로 가는 배를 타기 위해 항구로 향했다. 랭군호에는 출발을 알리는 깃발이 꽂혀 있었다.

항구까지 뒤쫓아온 픽스 형사는 발을 동동 구르면서 필리어스 포그가 여인과 함께 배에 오르는 모습을 지켜보았다.

"나쁜 놈! 역시 놈은 통이 커서 씀씀이도 크군. 보석금으로 2천 파운드나 쓰고도 눈 하나 깜짝하지 않다니! 정말로 도둑처럼 돈을 쓰고 있잖아. 놈을 잡기 위해서라면 세상 끝까지라도 따라가겠어. 하지만 이러다가 놈이 훔친 돈을 다 써 버릴까 봐 걱정인걸."

픽스 형사는 범인이 훔친 돈을 쓰면 쓸수록 포상금 액수가 그만큼 줄어드는 것이 안타까워 혼잣말로 중얼거렸다.

필리어스 포그는 이미 여비와 사례금, 코끼리 구입비, 보석금 등으로 5천 파운드나 썼다. 그러니 픽스가 이런 걱정을 하는 것은 어쩌면 당연했다.

# 랭군호에서 생긴 일

랭군호는 중국과 일본 사이를 오가는 동인도 회사 소속 여객 선들 가운데 하나였다. 몽골리아호와 비교하면 속도는 거의 비 슷했지만 안락함은 좀 떨어지는 편이어서 필리어스 포그는 아 우다 부인이 불편해할까 봐 걱정이 되었다.

항해를 하는 동안 필리어스 포그는 아우다 부인과 가까워질 수 있었다. 필리어스 포그는 그녀의 말에 정중한 태도로 귀를 기울였지만 자신의 감정을 드러내는 법이 없었다.

파스파르투가 아우다 부인에게 2만 파운드가 걸린 내기 여행 을 설명해 주면서 주인의 독특한 성품을 귀띔해 주자 그녀는 그 를 이해한다는 듯 가벼운 미소를 지었다.

히말라야의 성스러운 호수를 닮은 아우다 부인의 눈빛은 자신의 생명을 구해 준 필리어스 포그의 신사다운 모습을 조용히 지켜보았다.

랭군호는 섬 가운데 우뚝 솟아 있는 그림 같은 새들피크산을 지났다. 그 섬에 살고 있다는 파푸아족은 야만스런 식인종이라고 하지만, 인간의 서열상 가장 낮은 등급으로 분류되는 것은 잘못된 생각이다.

드문드문 보이는 섬들의 전경은 매우 아름다웠다. 해안에는 바다제비들이 서식하고 있었는데 중국에서는 바다제비 둥지가 진귀한 요리 재료로 쓰이고 있었다.

랭군호는 어느덧 중국해로 이어지는 말라카 해협을 지나고 있었다.

픽스 형사는 캘커타를 떠나면서 체포 영장이 도착하면 다시 홍콩으로 보내 달라고 당부해 놓았다. 그러고는 랭군호에 뒤늦게 올라타 파스파르투의 눈에 띄어 의심받지 않도록 각별히 조심했다.

픽스 형사의 모든 희망은 지구상에 오직 한 곳, 홍콩에 집중되어 있었다. 홍콩은 이번 일정에서 마지막으로 거치게 되는 영국령이기 때문이었다. 그 이후의 여행지인 중국과 일본, 아메리카는 범인에게 더할 나위 없이 안전한 은신처를 제공해 줄 것이 틀림없었다.

홍콩에서 범인을 잡게 되면 체포 영장만 있으면 되지만, 만일 홍콩을 벗어나게 된다면 범인 인도 증서가 필요했다.

"그러니까 체포 영장이 홍콩에 도착해 있지 않다면 무슨 수를 써서라도 놈의 출발을 지연시켜야만 해. 봄베이에서도 놈을 놓치고, 캘커타에서도 놈을 놓쳤어. 그러니 홍콩에서도 놈을 잡지 못한다면 내 명예는 땅에 떨어지고 말 거야."

바로 그때 랭군호 선상에서 아름다운 부인과 함께 있는 필리어스 포그를 목격하게 된 픽스 형사는 불현듯 어떤 생각이 떠올랐다.

'저 여인은 누구일까? 저들이 만난 것은 아마 봄베이와 캘커타 사이가 틀림없을 거야. 어쩌면 범인은 매력적인 저 여인을 만나기 위해 인도를 여행한 것은 아니었을까? 이번 일에 뭔가 다른 범죄의 소지, 이를 테면 납치 같은 것이 연루되어 있는 것은 아닐까?'

픽스 형사는 범인이 다른 배로 옮겨 타기 전에 영국 경찰청에 이 사실을 보고하고 홍콩에 도착하기 전, 랭군호의 일정을 알려 줘야만 했다.

그러나 좀 더 확실하고 안전하게 대처하기 위해 픽스 형사는 파스파르투에게 몇 가지를 확인해야겠다고 마음먹었다. 다음 날이면 랭군호가 싱가포르에 기항하기로 예정되어 있었으므로 더 이상 지체할 시간이 없었다.

픽스 형사는 마음을 바꾸어 선실에서 나와 갑판 위로 갔다. 파스파르투를 만나게 되면 연극 배우처럼 놀라는 표정으로 먼저 접근할 생각이었다.

"아니, 이게 누구십니까? 픽스 씨가 랭군호에 타신 줄은 몰랐습니다."

파스파르투는 픽스를 먼저 알아보고 인사를 했다.

"반갑습니다. 여기서 또 만나다니 정말 우연이군요."

"봄베이에서 내리신 줄 알았는데, 이렇게 홍콩으로 가는 길에 또 만나다니 당신도 세계 일주를 하시나요?"

"아, 아닙니다. 홍콩에 볼일이 좀 있어서 며칠 머물 생각입니다만……."

"그런데 배가 캘커타에서 출발한 후에 한 번도 갑판에서 뵌 적이 없었다니……."

"뱃멀미가 심해서 줄곧 선실에 누워 있었답니다. 벵골만은 인도양처럼 바다가 잔잔하지 못해서……. 그건 그렇고 당신의 주인 필리어스 포그 씨는 잘 지내시나요?"

"물론이죠. 시간을 잘 지켜 여행 일정에 단 하루도 차질이 없었답니다. 참, 그리고 아름다운 부인과 동행하게 되었지요."

"아름다운 부인이라고요?"

픽스 형사는 짐짓 놀라면서 물었다.

파스파르투는 픽스 형사에게 그동안 일어났던 모든 일을 털어놓았다. 봄베이 사원에서 벌어진 일들과 아우다 부인 구출 사건, 그리고 캘커타 법정에서 보석금 2천 파운드를 내고 풀려 나온 일 등 그동안의 모험담을 신나게 이야기해 주었다.

"그렇다면 당신 주인은 그 여인을 유럽으로 데리고 갈 생각입니까?"

"아우다 부인은 홍콩에 데려다 주기만 하면 됩니다. 부인의 친척이 홍콩에 살고 있다니까요."

픽스 형사는 마음속으로는 크게 실망했지만 겉으로는 태연한 척하며 이렇게 말했다.

"파스파르투, 랭군호에서 우리가 이렇게 다시 만난 것도 인연인데 한잔하러 갈까요?"

파스파르투는 픽스 형사와 자주 술자리를 갖게 되었다.

필리어스 포그는 대개 랭군호 대연회장에서 아우다 부인과 함께 있거나 카드 게임에 열중하였다.

파스파르투는 수에즈에서 만난 친절한 신사를 또다시 홍콩으로 가는 배에서 만나게 된 사실이 우연이라고 하기에는 아무래도 미심쩍은 구석이 있었다. 그는 소중하게 간직해 온 가죽신을 걸고 픽스가 자신들과 같은 시간에 홍콩을 떠나리라는 것을 믿어 의심치 않았다.

그러나 파스파르투가 1백 년 동안 머리를 굴린다 해도 결코 필리어스 포그가 도둑이며 지구를 한 바퀴 돌아 도주 중인 그를 뒤쫓는 임무를 띤 형사가 픽스라는 사실을 알 턱이 없었다.

파스파르투는 마침내 픽스라는 수상한 신사의 존재를 설명해 줄 만한 이유를 찾아 냈다. 아마도 그는 2만 파운드가 걸린 이번 여행에 적절한 여정을 준수하며 정말로 세계를 한 바퀴 돌아오는 것인지 확인하기 위해 리폼 클럽의 동료들이 고용한 탐정이 틀림없다고 확신했다.

'틀림없어! 클럽 신사들이 우리를 미행하도록 고용한 탐정이 틀림없어. 우리 주인님처럼 성실하고 존경받아야 마땅하신 분을 미행하다니……'

파스파르투는 중요한 사실을 알아 낸 것은 다행이지만 동료들이 보여 준 불신에 상처를 받게 될까 봐 주인님에게는 아무 말도 하지 않았다.

10월 30일 수요일 오후, 랭군호는 말레이 반도와 수마트라 사이에 있는 말라카 해협으로 들어섰다. 다음 날 새벽 4시, 랭군호는 석탄을 공급받기 위해 예정 시간보다 반나절 일찍 싱가포르 항에 정박했다.

필리어스 포그는 수첩에 이 사실을 기록했고, 잠시라도 배에서 내려 산책하고 싶어하는 아우다 부인과 함께 싱가포르 항에 내렸다.

픽스 형사는 눈에 띄지 않도록 조심하면서 그들 뒤를 그림자처럼 따랐다. 픽스의 행동을 지켜본 파스파르투는 모른 체하고 필요한 물건을 구입하기 위해 배에서 내렸다.

필리어스 포그는 아우다 부인과 함께 오스트레일리아에서 수입된 우아한 말들이 끄는 멋진 마차를 타고 종려나무와 정향 나무가 들어선 숲길을 달렸다. 이 작은 섬의 정글에는 호랑이처럼 무시무시한 맹수들이 우글거린다는데, 호랑이들은 말라카 해협을 헤엄쳐서 건너온다고 했다.

필리어스 포그와 아우다 부인은 두 시간 정도 시골길을 달리고 나서, 10시가 되자 누군가 자신들을 미행하고 있다는 사실을 여전히 모른 채 여객선으로 돌아왔다. 그들을 미행하던 픽스 형사는 마차 삯만 톡톡히 치른 뒤, 투덜거리면서 돌아왔다.

11시가 되자 랭군호는 석탄을 가득 채우고 닻줄을 풀었다.

중국 연안에 위치한 영국령의 홍콩은 싱가포르에서 1300마일 정도 떨어져 있었다.

일본의 요코하마 항으로 떠나는 배를 11월 6일 홍콩에서 타려면 아무리 늦어도 6일 안에는 항해를 마쳐야 했다.

쌍돛을 갖춘 범선 랭군호는 두 개의 중간 돛과 앞돛을 이용해 항해를 했다. 돛을 올리면 바람과 증기의 힘이 합쳐져 속도가 빨라지기 시작했다.

중국해를 오가는 동인도 회사의 선박들은 심각한 구조적 결함을 안고 있었다. 선박이 물속에 잠기는 깊이와 배 전체의 비율이 잘못 계산되어 바닷물에 대한 저항력이 약했다. 이런 구조라면 파도가 약간만 높아도 속도가 크게 떨어졌다.

필리어스 포그는 이 모든 문제에 아무런 동요도 하지 않았지만 파스파르투는 신경을 곤두세웠다. 어쩌면 영국의 새빌로 집에서 지금까지 타고 있을 가스등에 대한 생각이 초조함을 부채질했는지도 모를 일이었다.

"홍콩에 빨리 도착해야만 하는 중요한 일이라도 있나요?"

픽스 형사가 초조한 빛을 감추지 못하는 파스파르투에게 은근히 물었다.

"물론이죠."

"주인께서 요코하마행 여객선을 타실 건가요?"

"두말하면 잔소리죠."

"당신은 세계 일주 여행이 성공하리라고 믿습니까?"

"그럼 당신은 믿지 않는다는 말입니까?"

파스파르투의 말에 픽스 형사는 프랑스인이 눈치챈 건 아닐까 하는 생각이 들어 가슴이 뜨끔했다.

"픽스 씨, 홍콩에 닿으면 당신과도 이별이겠군요. 당신도 우리와 함께 간다면 더 이상 바랄 게 없지만……. 하긴 동인도 회사 직원이라면 어딘들 가지 못하겠습니까? 조금 있으면 중국 땅에 도착할 테고 미국에만 가면 유럽은 바로 지척이니까요."

파스파르투가 상대방의 표정을 살피며 미소를 지어 보였다.

선실로 돌아온 픽스 형사는 여러 가지 생각에 잠겼다. 프랑스인에게 신분이 들통난 것이 틀림없었다.

'으흠, 이번 사건에서 그가 맡은 역할은 무엇이었을까? 공범이 아닐까?'

픽스 형사는 이런저런 생각에 머릿속이 혼란스러웠다.

홍콩에서 필리어스 포그를 체포할 상황이 만들어지지 않는다면 픽스 형사는 파스파르투에게 모든 사실을 털어놓은 후에 도움을 청할 생각이었다. 만일 그가 공범이 아니라면 주인에게 등을 돌리게 될지도 모를 일이었다.

파스파르투와 픽스 형사가 시소 게임을 하는 동안에도 필리어스 포그는 태연한 모습으로 자신의 주위를 떠도는 소혹성에는 개의치 않고 지구를 따라 순리대로 궤도를 돌 뿐이었다.

파스파르투는 주인을 바라보는 아우다 부인의 눈빛에서 깊은 감사의 마음을 읽을 수 있었다. 그러나 필리어스 포그는 영웅의 가슴은 가졌어도 여인을 사랑하는 가슴은 없는 것이 분명했다.

항해가 막바지에 접어들자 날씨가 매우 나빠지기 시작했다. 북서쪽에서 불어오는 사나운 바람이 랭군호의 항해를 방해하자 여객선은 크게 흔들리기 시작했다.

11월 3일과 4일에는 폭풍이 몰아쳤다. 랭군호는 돛을 내린 채 파도를 헤치고 나가야 했다.

필리어스 포그는 마치 자신에게 도전이라도 하듯이 미쳐 날뛰는 바다를 평소처럼 냉정한 눈길로 지켜보았다. 만일 도착 시간이 지연된다면 요코하마행 여객선은 탈 수 없을 것이고 결국 여행은 완전히 실패로 돌아갈지도 모를 일이었다. 그러나 그는 초조해하지도 역정을 내지도 않았다. 마치 폭풍까지도 이미 자신

의 계획에 들어 있었다는 표정이었다.

　그러나 픽스 형사로서는 이 폭풍이 더할 나위 없이 반가운 손
님처럼 느껴졌다. 마침내 하늘이 그를 돕기 위해 폭풍우를 몰고
와 준 것이었다.

파스파르투는 지금까지 모든 것이 순조로웠는데, 땅도 바다도 주인님께 그토록 헌신적이었는데, 여객선과 기차도 주인님께 복종했는데, 마침내 다가온 시련에 대해 울분을 터뜨렸다. 마치 내기에 걸린 2만 파운드의 돈이 자신의 주머니 속에서 빠져나가기라도 하는 듯 참을 수가 없었다. 그럴 수만 있다면 바다에 채찍질이라도 해 대고 싶었다.

마침내 폭풍이 그치기 시작했다. 11월 4일 정오가 되자 남동풍이 불면서 다시 항해가 순조로워졌다. 그러나 잃어버린 시간을 되찾기에는 역부족이었다. 육지가 보이기 시작한 것은 11월 6일 새벽 5시였다.

필리어스 포그의 일정에 따르면 랭군호가 홍콩에 도착하는 시간은 11월 5일이어야 하는데, 24시간이 늦은 6일에야 도착한 것이었다. 요코하마행 여객선은 이미 놓친 거나 다름없었다. 6시가 되자 좁은 수로를 지나 홍콩항으로 배를 인도하기 위해 물길 안내인이 랭군호에 올라탔다.

"요코하마행 여객선이 홍콩을 떠났습니까?"

필리어스 포그가 브래드쇼 시간표를 참조한 후 물길 안내인에게 물었다.

"내일 아침 바닷물이 들어올 때 떠납니다."

안내인의 말에 파스파르투는 그를 와락 껴안고 뽀뽀를 해 주고 싶을 만큼 기뻤다.

"배 이름이 뭡니까?"

"카르나티크호요."

"어제 떠났어야 했던 것 아닙니까?"

"그렇습니다. 그런데 기관 하나가 고장이 나서 정비하느라고 출발이 내일로 미뤄졌습니다."

"고맙소!"

필리어스 포그는 짤막하게 말하고는 아우다 부인이 기다리고 있는 연회장으로 내려갔다.

"당신은 참으로 고맙기 그지없는 사람이오."

파스파르투가 안내인의 손을 힘차게 잡으면서 기쁨을 감추지 못했다. 안내인은 자신이 왜 이토록 우정어린 대접을 받는지 알 수 없었다. 뱃고동이 울리자 안내인은 홍콩항에 정박한 수많은 배들 사이로 여객선을 인도했다.

오후 1시가 되자 랭군호는 선착장에 닿았고, 마침내 승객들은 배에서 내릴 수 있었다.

카르나티크호는 내일 새벽 5시에 떠날 예정이었으므로, 필리어스 포그는 아우다 부인의 일을 도와줄 수 있는 16시간의 여유가 있는 셈이었다.

아우다 부인과 함께 배에서 내린 필리어스 포그는 가마꾼을 불러 호텔로 향했다. 가마꾼이 소개한 클럽 호텔의 객실을 잡아 아우다 부인을 쉬게 한 뒤, 필리어스 포그는 먼저 홍콩의 증권 거래소로 향했다. 그곳에서라면 이름난 부자인 아우다 부인의 친척에 대한 소식을 알 수 있을 것 같아서였다.

필리어스 포그가 말을 건넨 주식 중개인은 마침 아우다 부인의 친척인 파르시 상인을 알고 있었다. 하지만 그는 2년 전에 홍콩을 떠나 네덜란드로 갔다고 했다.

"이런……."

필리어스 포그는 클럽 호텔로 되돌아와 아우다 부인에게 그 사실을 알려 주었다.

"부인의 친척인 파르시 상인은……."

아우다 부인은 이마에 손을 얹은 채, 잠시 생각에 잠기더니 부드러운 목소리로 물었다.

"포그 씨, 그럼 전 어떻게 해야 할까요?"

"저희들과 함께 유럽으로 가십시다."

"그렇지만 저로서는 더 이상 폐를 끼쳐서는 안 된다는 생각이 드는군요."

"폐가 되진 않습니다. 부인과 함께 간다고 해서 여행 일정에 방해가 되는 것은 아니니까요."

필리어스 포그가 친절하게 말했다.

"파스파르투! 카르나티크호의 선실 세 개를 예약하고 오게."

"네, 주인님."

파스파르투는 아름답고 상냥한 부인과 함께 여행을 계속 하게 되어 기쁜 마음으로 클럽 호텔을 나섰다.

# 음모에 빠진 파스파르투

 

홍콩은 1842년 전쟁 후, 난징 조약이 체결되면서 영국령이 된 작은 섬에 불과했다. 그러나 영국의 식민지 정책에 따라 빅토리아 항구가 건설되는 등 몇 년 사이에 도시화하였다.

빅토리아 항에 도착한 파스파르투는 여러 나라에서 온 배들이 바다를 온통 꽃밭처럼 뒤덮고 있는 모습을 보았다. 파스파르투는 황금빛 옷을 입은 현지 노인들에게 관심이 갔다. 문득 호기심이 발동해 중국식 면도를 해 보고 싶다는 생각이 들어 중국식 이발소로 들어갔다. 영어를 유창하게 하는 이발사로부터 파스파르투는 면도를 하면서 황금빛 옷을 입은 노인들에 대한 궁금증을 풀 수 있었다. 그 노인들은 최소한 80세 이상으로 그 나이가 되면 황제만이 입을 수 있는 황금빛 옷을 해 입을 수 있는 특권이 있다고 했다. 파스파르투는 왜 그런지 이유는 모르지만 그런 풍습이 퍽 흥미로웠다. 면도를 끝내자 파스파르투는 카르나티크호가 정박해 있는 선착장으로 갔다. 그곳에서 픽스를 발견했지만 그다지 놀랄 일이 아니었다.

"픽스 씨, 몹시 피곤해 보이는군요. 얼굴빛이 좋지 않아요."

파스파르투가 겉으로는 짐짓 걱정이 되는 듯이 물었으나 속마음으로는, '클럽 신사 양반들, 꽤나 배가 아프실 테지.' 하고 생각했다.

"뱃멀미를 심하게 하다 보니 몸이 좀 좋지 않군요."

"혹시 우리와 함께 미국 여행까지 감행하실 건가요?"

"그럴 생각입니다만."

"하하, 그러실 줄 알았습니다. 어서 가십시다. 선실을 예약해야죠."

두 사람은 해운 회사 사무실에 함께 가서 선실 4개를 예약했다. 사무원의 말에 의하면 카르나티크호의 정비가 다 끝났으므로 다음 날 떠나기로 한 배가 저녁 8시에 떠난다고 했다.

'정말 잘됐어. 어서 가서 주인님께 이 사실을 알려야지.'

파스파르투가 마음속으로 쾌재를 부르면서 생각했다.

그 순간 픽스 형사는 파스파르투에게 모든 사실을 털어놓아야 겠다고 마음먹었다. 그 길만이 체포 영장이 도착할 때까지 범인을 홍콩에 잡아 둘 수 있는 유일한 방법이었다.

   "파스파르투, 우리 어디 가서 한잔합시다."

   "좋아요. 시간도 남았는데……."

   두 사람은 겉보기에 근사한 선술집으로 들어갔다. 그런데 그 집은 평범한 술집이 아니었다. 손님들 대부분이 아편을 피우고 있었던 것이다. 영국의 상업주의는 이들에게 아편이라는 치명적인 마약을 팔아 돈을 모았는데, 인간의 본성을 훼손하는 가장 비열한 방법으로 버는 슬픈 돈이었다.

   "파스파르투, 중요한 이야기가 있습니다."

   포도주병을 반쯤 비우자 픽스 형사가 말을 꺼냈다.

   "대체 무슨 이야기요?"

   파스파르투가 거나하게 취해서 물었다.

   "당신 주인인 필리어스 포그 씨와 관련된 이야기요."

   "그렇다면 어서 말씀해 보시지요."

   "당신은 내가 누군지 알아채셨죠?"

   픽스 형사가 눈빛을 날카롭게 반짝이며 물었다.

   "물론, 알고말고요."

파스파르투가 의미심장한 미소를 지으며 말했다.

"그렇다면 당신에게 모든 사실을 고백하겠소."

"다 아는 사실인데 뭘 그러십니까? 하지만 클럽의 신사 양반들이 헛돈을 썼다는 말은 꼭 하고 싶군요."

"헛돈이라고요? 액수가 얼마나 큰지 몰라서 하는 말입니까?"

"모르긴 왜 모르겠어요. 2만 파운드라는 사실을 알 만한 사람은 다 알걸요."

"2만 파운드가 아니라 5만 5천 파운드예요."

"뭐라고요? 5만 5천 파운드라면 내가 여기서 이러고 있으면 안 되지. 어서 주인님께 이 사실을 알려야지."

파스파르투가 일어서려고 하자 픽스 형사는 다시 붙잡아 자리에 앉혔다.

"내 일이 잘 풀리면 2천 파운드의 포상금을 받는답니다. 당신이 나를 도와 주면 5백 파운드를 드리겠소."

"당신을 도우라고요?"

"포그 씨가 며칠만 홍콩에 머물도록 도와주시오."

"아니, 무슨 말을 하는 거요? 주인님의 성실성을 의심해서 뒤를 미행하는 것도 모자라 신사라는 양반들이 여행을 방해하다니……. 부끄러운 줄 알라고 하세요."

"그건 또 무슨 말입니까?"

픽스 형사가 무슨 영문인지 몰라서 되물었다.

"그렇게 야비한 짓을 하다니 차라리 주인님의 주머니를 뒤져서 돈을 빼앗아 가지 그래요."

"우리가 하려는 일이 바로 그것입니다."

"으휴, 신사라는 사람들이 치사하게 동료를 함정에 빠지게 하다니⋯⋯."

픽스 형사가 따라 주는 대로 술을 마시던 파스파르투는 취해서 고래고래 소리를 질렀다. 픽스 형사는 파스파르투가 무슨 말을 하는지 도무지 알 수가 없었다.

"픽스 씨, 우리 주인님은 정직한 분이고, 내기를 할 때에는 정정당당하게 이기기 위해서라는 사실을 잊지 마슈."

"대체 당신은 나를 누구라고 생각합니까?"

파스파르투가 점점 알 수 없는 말을 하자 픽스 형사가 참다 못해 이렇게 물었다.

"누구긴 누구요. 바로 우리 주인님의 여정을 염탐하라는 임무를 받고 클럽 회원들에게 고용된 탐정이지요. 내가 그것도 모를까 봐 묻는 거요? 부끄러운 줄 아시오. 당신 정체는 진작에 알고 있었지만 주인님께는 아직 아무 말도 안 했다고요."

파스파르투가 거나하게 취한 목소리로 말했다.

"그럼 필리어스 포그 씨는 아무것도 모르고 있단 말이에요?"

"내가 말하지 않았으니 알 턱이 없죠."

픽스 형사는 잠시 생각에 빠졌다. 프랑스인은 모든 것을 헛짚고 있었다. 그가 공범이 아닌 것은 확실했다.

"파스파르투, 내 말 잘 들으시오. 난 당신이 생각하는 것처럼 클럽 회원들이 고용한 탐정이 아니오."

픽스 형사의 말에 파스파르투가 코웃음을 쳤다.

"나는 런던 경찰청이 파견한 형사요."

"당신이 형사라고요?"

파스파르투는 형사라는 말에 술이 확 깨는 것만 같았다.

"그렇소. 자, 여기 그 증거로 위임장이 있소."

픽스 형사는 런던 경찰국장의 위임장을 보여 주었다.

"당신도 클럽 회원들도 모두 속은 거요. 필리어스 포그는 내기 여행을 구실로 다른 나라로 도주하는 중이오. 당신은 당신도 모르는 사이에 그와 공범이 된 거요."

"대체 무슨 말씀을 하시는 건지 모르겠군요."

"잘 들어 보시오. 지난 9월 28일 잉글랜드은행에서 5만 5천 파운드를 도난당했소. 용의자의 인상 착의가 밝혀졌는데 바로 필리어스 포그 씨와 아주 꼭 닮은 사람이었소. 그래서 런던 경찰은 나에게 그를 미행하도록 임무를 맡긴 거요."

"뭐가 어떻다고요? 우리 주인님은 세상에서 가장 정직한 사람이오!"

파스파르투가 주먹으로 탁자를 힘껏 내리치면서 말했다.

"당신은 출발 당일 고용되어 돈 가방만 들고 허겁지겁 여행을 떠났다고 했소. 그런데 당신이 어떻게 압니까?"

파스파르투는 두 손으로 머리를 감싸쥐었다. 주인님이 은행을 턴 도둑이라니……. 아우다 부인을 구한 용감하고 관대한 그가 범인이라니 믿을 수가 없었다.

"그럼 나보고 어쩌라는 거요?"

"이곳까지 필리어스 포그를 뒤쫓아왔지만 아직 런던 경찰청에서 체포 영장을 받지 못했소. 그러니까 그가 홍콩에 머물도록 나를 도와주기만 하면 되는 거요. 그렇게만 해 준다면 잉글랜드 은행이 약속한 2천 파운드를 나눠 드리겠소."

"그렇게는 못 하겠소!"

파스파르투가 자리에서 일어나면서 잘라 말했다. 그러나 몸을 가누지 못하고 곧 그 자리에 쓰러지고 말았다.

"설사 당신 말이 모두 사실이라고 해도, 우리 주인님이 당신이

쫓는 도둑이라고 해도……. 물론 그럴 리는 없지만……. 그토록 정직하고 관대하신 분을 배반할 수는 없습니다. 이 세상의 황금을 다 준다 해도 그 일만은 못 한다고요."

"거절하는 겁니까?"

"그렇소."

"그럼 지금 이 자리에서 있었던 일은 없던 일로 합시다. 자, 어서 술이나 마십시다."

파스파르투는 점점 술기운이 오르는 것을 느꼈다.

픽스 형사는 최후의 방법을 동원하기로 했다. 테이블에는 아편을 채운 파이프가 있었다. 픽스 형사가 파스파르투의 손에 파이프를 쥐여 주고 불을 붙였다. 술에 취한 그가 몇 모금 길게 빨아들이자 그는 곧 그 자리에 쓰러지고 말았다.

'됐어! 필리어스 포그는 카르나티크호의 출발 시간을 알 수 없을 거야. 요행히 운이 닿아 떠난다고 해도 프랑스 하인은 이곳에 남겨 둔 채 혼자 가게 되겠지.'

픽스 형사는 술값을 치르고 나서 그 자리를 떠났다.

# 범선을 타고

아우다 부인이 유럽까지 데려다 주겠다는 제의를 받아들이자 필리어스 포그는 백화점에서 여성들이 여행에 필요한 여러 가지 물건을 구입한 후, 호텔로 돌아와 저녁 만찬을 즐겼다. 식사를 마치자 피로를 느낀 아우다 부인은 언제 봐도 변함없이 침착한 신사와 악수를 나누고 나서 자신의 객실로 올라갔다.

필리어스 포그는 저녁 시간 내내 신문을 읽었다. 그때까지도 파스파르투는 돌아오지 않았다. 그러나 홍콩을 떠나는 요코하마행 여객선의 출발은 내일 아침이므로 그는 별다른 생각을 하지 않았다.

다음 날 아침, 필리어스 포그는 파스파르투를 찾았지만 그의 모습은 보이지 않았다. 침착한 영국 신사는 하인이 전날 밤 호텔에 돌아오지 않았다는 사실을 알았지만 그리 심각하게 생각하지 않았다.

그는 말없이 자신의 가방을 챙기고 호텔에 가마를 불러 달라고 부탁한 후, 아우다 부인과 함께 떠날 준비를 했다.

카르나티크호가 바닷물이 들어올 때에 맞추어 항구를 떠날 예정 시각은 9시 30분이었으나 필리어스 포그는 그보다 30분 전에 선착장에 도착했다. 도착하자마자 그는 카르나티크호가 간밤에 이미 홍콩을 떠났다는 사실을 알게 되었다.

그러나 그의 얼굴에서는 낙담의 빛을 찾아볼 수 없었다.

"걱정하지 마세요. 그저 사고일 뿐입니다, 부인."

아우다 부인이 걱정스런 얼굴로 그를 바라보자 그는 이렇게 말할 뿐이었다.

그때 저 멀리서 지켜보고 있던 한 신사가 다가와 필리어스 포그에게 말을 걸었다.

그는 다름 아닌 픽스 형사였다.

"선생님께서도 저처럼 어제 랭군호를 타고 오지 않으셨습니까?"

"그렇소만, 댁은 뉘시오?"

"이곳에 오면 댁의 하인을 만날 수 있으리라 생각했어요."

픽스 형사가 말했다.

"혹시 그분이 어디 계신지 아시나요?"

아우다 부인이 물었다.

"함께 계시지 않으셨던가요?"

"아니에요. 어제부터 보이지 않았어요. 혹시 혼자서 카르나티크호에 승선한 건 아닐까요?"

"두 분께서도 카르나티크호를 타실 생각이셨나요?"

"네, 그런데 그만 여객선이 떠나고 말았답니다."

"부인께서 얼마나 실망이 크실지 짐작이 가는군요. 카르나티크호는 수리가 끝나자 12시간 앞당겨 홍콩을 떠났어요. 다음 여객선은 1주일이나 후에 출발할 텐데……."

픽스 형사는 필리어스 포그가 꼼짝없이 1주일 동안 홍콩에 머물게 된 걸 생각하니 가슴이 뿌듯했다. 그 정도면 체포 영장이 홍콩에 도착하고도 남을 시간이었다.

필리어스 포그는 아우다 부인과 함께 출항이 가능한 다른 여객선을 찾기 위해 부둣가로 갔다. 그는 자신을 요코하마까지 데려다 줄 배가 있다면 통째로 전세라도 내 빌릴 생각으로 부둣가를 샅샅이 뒤져 배를 찾아다녔다.

그때 한 선원이 필리어스 포그에게 다가왔다.

"배를 찾으십니까?"

"떠날 준비가 된 배가 있소?"

"네, 43번 물길 안내선입니다. 선단에서 가장 훌륭한 배죠."

"잘 나갑니까?"

"8에서 9마일 정도는 넉넉히 달리죠. 보시겠습니까?"

"그럽시다."

"바다로 소풍 나가시게요? 아마 만족하실 겁니다."

"아니오, 여행이오."

"여행이라고요?"

"요코하마까지 갈 수 있겠소?"

"농담이시겠지요?"

"아니오, 카르나티크호를 놓쳤소. 14일까지는 요코하마에 도착해 샌프란시스코행 여객선을 타야 하오."

"죄송합니다만, 그건 불가능하겠는데요."

"하루에 100파운드씩 주고, 제 시간에 도착한다면 보너스로 200파운드 더 얹어 주겠소."

"그게 정말이십니까?"

선원은 큰돈을 벌고 싶은 마음과 그렇게 먼 여행에 모험을 해도 좋을지, 두려움 사이에서 갈등을 느꼈다.

"두렵지 않소, 부인?"

"당신과 함께라면 두렵지 않아요."

아우다 부인의 목소리에는 힘이 실려 있었다.

그러자 선원이 모자를 만지작거리면서 겨우 말했다.

"겨우 20톤짜리 배로 여행을 감행하는 것은 위험한 일입니다. 더구나 홍콩에서 요코하마까지는 무려 1,650마일이나 되는 먼 거리입니다."

"1,600마일이오."

"크게 다르진 않지요. 하지만 다른 방법이 있긴 합니다만."

"어떤 방법이오?"

"여기서 1,100마일 떨어진 일본 끄트머리인 나가사키까지 가거나 800마일 떨어진 상하이까지 가는 것이죠. 중국 연안인 상하이까지 간다면 북쪽으로 해류가 흐르니 그 덕도 볼 수 있을 것입니다."

"이보시오, 난 요코하마에서 미국으로 가는 배를 타야 하오. 상하이나 나가사키에 가려는 게 아니오."

"어차피 샌프란시스코행 여객선의 출발항은 상하이랍니다."

"그렇다면 여객선이 상하이를 떠나는 시간은 어떻게 되오?"

"11일 저녁 7시입니다. 그러니까 4일 남은 셈이죠. 4일이면 96시간, 이 배의 평균 속도가 시간당 8마일이니까 바다가 잔잔하다면 상하이까지 800마일 정도는 너끈히 갈 수 있습니다."

"언제 떠날 수 있소?"

"식료품 살 시간과 출범 준비를 하는 데 약 한 시간이면 충분합니다."

"당신이 배 주인이오?"

"네, 존 번스비라고 합니다. 탕카데르호 선장이죠."

필리어스 포그는 선장에게 계약금 조로 200파운드를 주었다.
그러고는 픽스 형사를 보면서 물었다.

"만일 선생이 원하시면 우리와 함께 가도 좋소."

"정말 고맙습니다. 마침 부탁을 드릴 참이었는데…….."

"하지만 가엾은 파스파르투는 어떻게 하지요?"

아우다 부인이 파스파르투가 마음에 걸려서 말했다.

"염려하지 마세요. 그를 위해 조치를 해 놓겠소."

필리어스 포그는 홍콩 경찰국에 가서 파스파르투의 인상 착의를 설명하고 그를 영국으로 돌려보내는 데 드는 비용을 넉넉하게 맡겼다. 그리고 프랑스 영사관에 가서도 같은 일을 마치고 돌아왔다.

탕카데르호는 중량 20톤의 매력적인 소형 스쿠너로 뱃머리는 뾰족하고 몸체는 늘씬해 마치 경주용 요트 같았다. 앞돛, 삼각돛, 그리고 순풍이 불 때 올리는 하현돛까지 고루 갖추고 있어 빨리 달릴 수 있을 것 같았다. 실제로 물길 안내선 경주에서 여러 차례 상을 받은 적도 있었다.

탕카데르 선원은 선장 존 번스비 외에 4명으로 구성되어 있었으며, 이들은 모두 바다의 생리를 속속들이 알고 있어 어떠한 모험에도 굴하지 않는 담대함을 갖고 있었다. 존 번스비 선장은

45세 가량의 사내로 검게 그을린 피부와 눈빛이 생생한 얼굴에는 생기가 넘쳤다.

필리어스 포그와 아우다 부인은 배에 올랐다. 픽스 형사는 먼저 와서 배에 타고 있었다. 그들은 갑판에 달린 뚜껑 문을 통해 네모난 선실로 내려갔다.

"더 좋은 것을 제공해 드리지 못해 정말 유감이군요."

필리어스 포그가 픽스 형사에게 말하자 그는 그저 가볍게 고개를 숙였다. 범인의 호의를 받아들여야 한다는 사실이 그를 굴욕스럽게 했다.

'흥, 도둑치고는 제법 예의 바르군. 하지만 도둑은 도둑일 뿐이야.'

3시 10분이 되자 돛이 오르고 영국 국기가 스쿠너의 세로돛 활대에서 바람에 휘날렸다. 필리어스 포그와 아우다 부인은 혹시 파스파르투가 나타나지 않을까 하는 마음에 선착장에 눈길을 주었다. 픽스 형사는 은근히 마음을 졸였다. 자신이 아무렇게나 내팽개쳐 둔 프랑스인이 갑자기 나타나 모든 일을 한순간에 망쳐 버릴지도 모른다는 불안감에 휩싸였으나 끝내 프랑스인은 나타나지 않았다.

마침내 탕카데르호는 물결을 헤치며 힘차게 바다를 향해 나아갔다.

20톤짜리 소형 보트로 800마일의 항해에 나선다는 것은 위험 천만한 모험이었다. 중국해는 특히 추분을 전후해 무서운 폭풍에 시달렸으며 지금은 아직 11월 초였다.

그러나 존 번스비 선장은 물결을 타고 갈매기처럼 나아가는 탕카데르호를 믿었으며, 그의 판단이 옳을지도 몰랐다. 저녁이 되자 탕카데르호는 전속력으로 홍콩의 변덕스럽고 복잡한 물길을 항해했다. 배는 바람을 타고 거침없이 앞으로 나아갔다.

"다시 강조하지만 가능한 한 최대한 속력을 높여 주시오."

필리어스 포그가 다시 한 번 다짐을 받듯이 말했다.

"저만 믿으시면 됩니다. 바람만 허락한다면 범선에 관해선 모든 것을 책임지겠습니다. 지금 제1돛에 돛을 달아 봤자 별 도움 없이 속도만 떨어질 뿐입니다."

"그건 당신 소관이니까 당신만 믿겠소."

필리어스 포그는 선원 못지않은 균형 감각으로 흔들림 없이 서서 바다를 바라보았다.

아우다 부인은 바다에 지는 노을을 바라보면서 감동에 젖어 있었다.

픽스 형사는 뱃머리에 앉아 혼자서 생각에 잠겼다. 필리어스 포그는 말이 없는 사람이었으므로 그와 다소 거리를 두어야겠다고 생각했다.

요코하마에 도착하면 그는 자신을 숨겨 줄 광대한 대륙 아메리카로 가기 위해 지체없이 샌프란시스코행 여객선에 오를 것이었다. 범인의 계획은 사실 단순한 것이었다. 보통 도둑들처럼 영국에서 직접 미국행 배에 오르는 대신 그는 지구의 4분의 3을 돌아 경찰의 추적을 따돌린 뒤, 안전하게 미국 땅으로 숨어들어 훔친 돈을 느긋하게 쓸 속셈일지도 몰랐다.

그러나 막상 미국 땅에 도착하면 픽스 형사는 그를 어떻게 해야 할지 판단이 서지 않았다. 그는 범죄인 인도 영장을 받을 때까지, 지구 끝까지라도 범인의 뒤를 따라다니기로 작정했다.

필리어스 포그는 홍콩에서 갑자기 사라진 파스파르투에 대해 생각해 보지 않은 것은 아니었다. 아우다 부인의 생각처럼 카르나티크호에 올라탔을지도 모른다는 추측이 지배적이었다.

아우다 부인은 많은 신세를 진 파스파르투가 갑자기 사라진 것이 못내 아쉬웠다.

밤 10시가 되자 갑자기 바람이 거세게 불기 시작했다. 탕카데르호는 비교적 악천후에 잘 견딜 뿐 아니라 돌풍에 대비해 신속한 조치를 취하기 위한 만반의 준비가 갖추어져 있었다.

11월 8일 아침 해가 뜰 무렵, 탕카데르호는 이미 100마일 이상을 지나왔다. 바람이 순조로워 배가 최대 속도를 내는 데 무리가 없었다. 잠시 갠 하늘 사이로 들쭉날쭉한 해안선이 눈에 띄었다. 뭍에서 불어오는 바람으로 바다는 오히려 잠잠했다.

필리어스 포그와 아우다 부인은 다행히 뱃멀미를 하지 않아 갑판 위에서 간단한 통조림과 비스킷으로 점심 식사를 했다.

픽스 형사는 이들의 초대를 거절할 수 없어 편치 않은 마음으로 함께 식사를 했다.

"선생님, 배를 함께 탈 수 있는 호의를 베풀어 주셔서 정말 고맙습니다. 저는 선생님처럼 여비가 넉넉하진 않지만 조금이나마 값을 치르고 싶습니다만……."

픽스 형사는 필리어스 포그에게 선생님이라고 부르는 게 자존심이 상하지만 어쩔 도리가 없었다.

"그런 문제라면 그냥 접어둡시다, 선생. 그건 이미 저의 여행 경비에 포함되어 있던 것입니다."

필리어스 포그가 말했다.

탕카데르호는 밤새 쉬지 않고 달려 동이 틀 무렵, 중국 해안과 타이완 섬 사이의 포키엔 해협으로 들어섰다. 북회귀선이 지나는 이곳은 곳곳에서 소용돌이치는 역류로 거칠기로 이름난 곳이었다.

아침 해가 떠오르자 바람이 거세지고 하늘 한 구석에는 폭풍 조짐이 보였다. 남동쪽으로부터 폭풍을 예고하는 거친 파도가 일고 있었다. 선장은 한참 동안 험악한 기운이 감도는 하늘을 올려다보면서 필리어스 포그에게 낮은 목소리로 말했다.

"아무래도 폭풍이 올 것 같군요."

"북쪽이오? 남쪽이오?"

"남쪽입니다. 보세요. 태풍이 불고 있어요."

"그럼 남쪽에서 부는 태풍을 타고 가면 되겠군요."

존 번스비 선장은 태풍 대비를 위해 범선의 돛을 꽁꽁 묶고 돛의 활대를 갑판으로 내렸다. 뒤에서 불어 오는 바람을 받기 위해 아마포로 된 삼각돛 하나만 올렸다.

8시가 되자 돌풍이 일면서 세찬 빗줄기가 퍼붓기 시작했다. 작은 돛에 의지한 탕카데르호는 바람에 실려 깃털처럼 가볍게 파도 위를 날았다.

탕카데르호가 파도에 휩쓸리자 승객들은 스무 번도 넘게 뒤에서 덮쳐 오는 파도를 뒤집어썼다.

어둠이 깔리면서 태풍의 기세가 더욱 등등해지자 존 번스비 선장은 불안해지기 시작했다.

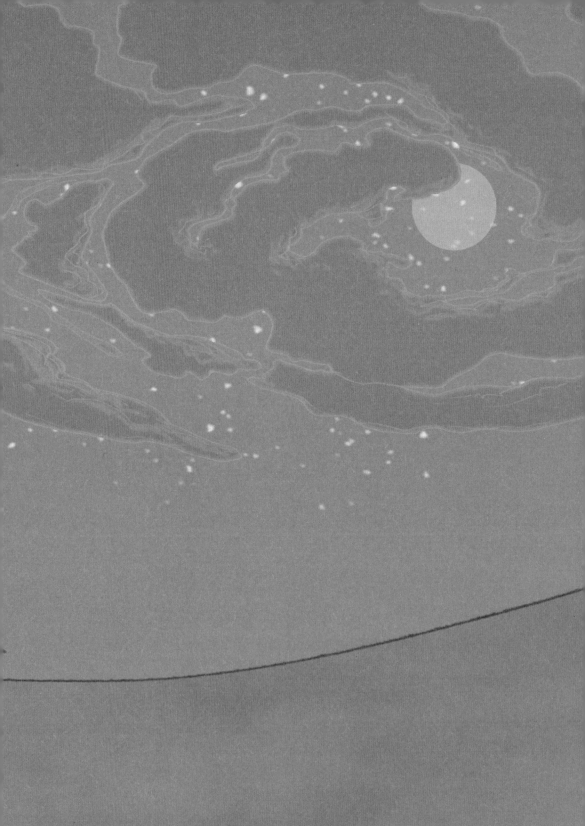

"제 생각에는 어느 항구든 정박해야 할 것 같은데요."

"내 생각도 그렇소. 그러나 내가 아는 항구는 상하이뿐이오."

선장의 말에 필리어스 포그가 단호하게 말했다.

끔찍한 밤이 지나고 날이 밝았다. 정오 무렵 태풍이 가라앉을 기미를 보였다. 태풍이 격렬한 대신 짧게 끝난 것이다. 그날 밤은 비교적 평온했다.

11일 아침 해가 떠오르자 눈짐작으로 해안을 알아본 선장은 100마일만 더 가면 상하이라고 확신했다. 필리어스 포그가 요코하마행 여객선을 놓치지 않으려면 바로 그날 저녁 상하이에 도착해야만 했다.

저녁 7시에 그들은 상하이에서 3마일 떨어진 곳에 있었다. 200파운드의 보너스가 순식간에 날아가고 만 것이었다.

그러나 필리어스 포그는 태연했다. 그의 전 재산이 바로 이 한 순간에 달려 있었다.

바로 그때 화려한 증기를 내뿜는 검고 늘씬한 물체가 모습을 드러냈다. 그 배는 정시에 떠나는 미국행 여객선이었다.

"빌어먹을!"

선장이 절망적으로 소리쳤다.

"신호탄을 쏘시오!"

필리어스 포그가 다급하게 말했다.

"알겠소!"

선장이 재빠른 동작으로 신호탄을 쏠 준비를 했다.

탕카데르호 뱃머리에는 안개가 심할 때 신호를 보내기 위한 자그마한 청동 대포가 놓여 있었다.

대포를 장전하고 선장이 조명탄을 쏘아 올리려는 순간 필리어스 포그가 외쳤다.

"깃발을 반기로!"

깃발이 즉각 반기로 내려왔다. 그것은 조난 신호였다. 미국 여객선이 깃발을 보고 그들을 향해 항로를 약간 변경해와 주기만을 기대할 따름이었다.

"발사!"

필리어스 포그가 외쳤다.

청동 대포의 폭발음이 공중에 울려 퍼졌다.

# 곡마단에 들어간 파스파르투

11월 7일 저녁 6시 30분, 홍콩을 떠난 카르나티크호는 전속력으로 일본의 요코하마를 향해 나아갔다.

다음 날 아침, 선원들은 눈이 풀리고 머리카락이 온통 헝클어진 승객 한 사람을 보고 깜짝 놀랐다. 그는 이등칸에서 걸어나와 갑판 위에 털썩 주저앉아 바닷바람을 쏘이고 있었다. 그 승객은 다름 아닌 파스파르투였다.

픽스 형사가 술집을 떠나고 나자 잠에 곯아떨어진 파스파르투는 종업원들에 의해 아편쟁이들이 눕는 침대에 눕혀졌다. 잠을 자는 중에도 그는 하인으로서 임무를 실행하지 못한 자책감에 시달려 비틀거리며 침대에서 내려와 벽에 부딪히고 바닥에 넘

어졌다가는 다시 가까스로 일어섰다. 그는 잠꼬대처럼 '카르나
티크호!'를 외치며 마침내 아편 소굴이나 다름없는 술집을 빠져
나왔다.

카르나티크호는 증기를 내뿜으며 막 떠나려는 참이었다. 마침
내 카르나티크호가 닻줄을 푸는 그 순간 파스파르투는 갑판 위
로 넘어져 정신을 잃은 것이었다. 선원 몇 사람이 그를 업고 이
등칸 선실에 내려놓았는데, 다음 날 아침이 되어서야 비로소 잠
에서 깨어난 것이다.

파스파르투는 카르나티크호의 갑판 위에서 바닷바람을 쏘이
며 맑은 공기를 마시자 술에서 깨어났으나 아무리 생각해도 간
밤에 무슨 일이 벌어졌는지 도무지 기억이 나지 않았다.

'엄청나게 취했던 것만은 분명해. 주인님께서 뭐라고 하실까?
하지만 배를 놓치지 않았으니 다행이지 뭐야.'

그러다가 문득 픽스 생각이 났다.

'나한테 그런 제안을 해 놓고 설마 카르나티크호에 탄 것은 아
니겠지. 주인님을 잉글랜드은행의 은행털이범으로 오인을 하다
니, 주인님이 도둑이라면 나는 살인범이지.'

파스파르투는 이 모든 사실을 주인님께 말해야 할지 고민하다
가 여행이 끝나고 나면 런던 경찰청 형사가 주인님의 뒤를 밟아

덩달아 세계 일주를 했다고 말하면서 그때 한바탕 웃고 말자고 단순하게 생각했다. 지금 이 순간 그보다 더 중요한 일은 어서 빨리 주인님을 만나 간밤에 자신이 저질렀던 일을 사죄하는 것이었다.

파도가 거세 여객선이 심하게 흔들렸지만 파스파르투는 후들거리는 다리로 주인님을 찾아 나섰다.

'아마 이 시간이면 아우다 부인은 주무실 테고 주인님은 보나 마나 카드 게임에 열중하고 계시겠지.'

그러나 아무리 찾아보아도 주인님의 모습은 보이지 않았다.

파스파르투는 사무장을 찾아가 물어 보았다.

"죄송합니다만 키가 크고 말이 없는 신사와 젊은 부인이 함께 타지 않았나요?"

"이 배에 젊은 부인은 탑승하지 않았는데요. 탑승자 명단에서 직접 확인해 보시기 바랍니다."

탑승자 명단을 확인해 본 파스파르투는 자신이 배를 잘못 탄 게 아닌가 의심스러웠다.

"이 배가 요코하마로 떠나는 카르나티크호가 맞나요?"

"그렇습니다."

파스파르투는 의자에 털썩 주저앉았다.

카르나티크호의 출발 시간이 앞당겨졌다는 사실을 주인님께 알렸어야 했는데, 그 사실을 미처 전하지 못한 것은 순전히 자신 탓이었다. 결국 필리어스 포그와 아우다 부인은 카르나티크호를 놓치고 만 것이었다.

파스파르투는 주인님을 홍콩에 잡아 두기 위해 자신을 엉망으로 취하게 만든 픽스 형사가 원망스럽기 그지없었다. 그는 냉정을 되찾아 자신에게 닥친 상황을 점검해 보았다. 그는 지금 일본으로 가는 중이었으며 도착한다 해도 빈털터리였다. 다행히 식대는 선불로 지불된 뱃삯에 포함되어 있었다.

파스파르투는 일본에 가는 5일 동안 마치 그 나라 땅에는 먹을 것이라고는 없는 것처럼 게걸스럽게 먹고 또 먹었다.

요코하마는 태평양에서 가장 중요한 기항지로 북아메리카, 중국, 일본, 말레이시아 열도를 오가는 우편선과 여객선이 기항하는 곳이었다.

요코하마 항에 내린 파스파르투의 마음은 무겁기 짝이 없었다. 그가 지금 할 수 있는 일은 우연을 안내인 삼아 태양의 후손들이 산다는 신비한 땅을 돌아보는 것뿐이었다.

파스파르투는 시주를 받으러 다니는 탁발승과 긴 옷을 걸친 순례자들, 그리고 삼삼오오 무리를 지어 다니는 군인들을 보았다. 중국과 달리 이 도시에서는 군인이 존경받는 직업이었다.

파스파르투는 여객선에서 내리기 전에 배가 고플 것에 대비해 음식을 많이 먹어 두었지만 돌아다니다 보니 시장기가 돌았다.

밤이 되자 파스파르투는 일본인 구역으로 들어가 오색 등이 춤추는 거리를 하릴없이 돌아다녔다. 어릿광대들이 화려한 묘기를 보이고 점쟁이들이 돋보기로 사람들의 주의를 끌었다.

파스파르투는 어부들이 송진으로 불을 밝혀 물고기들을 유인하고 있는 정박지로 돌아왔다.

마침내 거리에는 인적이 끊기고 제복을 입은 순찰대가 돌기 시작했다.

이튿날 아침, 배고픈 파스파르투는 허기진 배를 채우기 위해 무슨 일이든지 해야 했다.

물론 자신의 소중한 시계를 파는 방법도 있지만 그렇게 하느니 차라리 굶어 죽는 편이 나았다. 정처 없이 길을 걷던 파스파르투는 한참을 헤맨 끝에 일본인 고물 장수를 만날 수 있었다. 고물 장수는 프랑스인의 옷차림이 마음에 들어 낡은 일본 전통 의상과 바꾸어 주었다. 그리고 나머지 차액으로 동전 몇 개를 더 얻을 수 있었다.

"카니발에 왔다고 생각하면 되지 뭐."

낡은 일본 전통 의상을 입은 파스파르투가 중얼거렸다.

파스파르투는 허름한 식당에서 닭고기와 쌀밥으로 끼니를 때웠다. 그의 낡은 옷차림에서는 저녁 끼니를 걱정하는 궁색한 사람의 분위기가 고스란히 배어 나왔다.

"지금부터는 정신을 바짝 차려야지. 지금 입고 있는 옷을 또다시 일본 사람들과 맞바꿔 입을 수는 없잖아. 태양의 제국이니 뭐니 해도 내겐 눈물어린 기억밖에는 남겨 줄 것이 없어. 그러니까 가능한 한 빨리 이 땅을 떠나야 해."

파스파르투는 미국으로 떠나는 배를 찾아보기로 했다. 요리사나 하인 노릇을 해 주고 뱃삯과 식사만 요구할 생각이었다. 무슨 수를 써서라도 샌프란시스코에 도착하기만 하면 그 다음 문제는 그때 가서 해결할 일이었다.

파스파르투는 생각에 잠겨 요코하마 거리를 쏘다녔다. 그러다가 문득 거대한 포스터를 발견했다.

포스터에는 영어로 이렇게 쓰여 있었다.


윌리엄 바툴카 단장이 이끄는 일본 곡마단이 미국으로 떠나기
전에 마지막으로 선보이는 긴 코 공연을 놓치지 마시기 바랍니다!

"미국이라고? 바로 이거야!"

파스파르투는 어릿광대를 따라 일본인 마을로 들어섰다.

잠시 후에 수많은 휘장이 내걸린 거대한 건물이 보였다. 그곳이 바로 수많은 마술사와 어릿광대와 곡예사들을 거느린 유명한 곡마단 단장인 바툴카 씨가 미국으로 떠나기 전, 마지막 고별 무대를 펼칠 공연장이었다.

파스파르투가 바툴카 씨를 만나고 싶다고 청하자 텁수룩

한 턱수염을 기른 그가 나타났다.

"나를 보자고 했소? 무슨 일이오?"

"혹시 하인이 필요하지 않으세요?"

"하인이라면 말 잘 듣고 절대로 도망가지 않는, 한 푼도 받지 않고 성실한 하인이 여기 있지."

그는 힘줄이 불끈 솟은 자신의 팔뚝을 보이면서 말했다.

"그러시다면 제가 할 일은 없나요?"

"없소."

"하지만 전 당신을 꼭 따라가야만 한답니다."

바툴카 씨는 그제야 그가 일본인이 아닌 것을 깨달았다.

"당신은 프랑스인이오? 그런데 왜 그런 옷을 차려입었는지 모르겠군. 프랑스인이라면 여러 가지 표정을 지을 줄 알겠군."

파스파르투는 마음속으로 은근히 화가 났다.

"프랑스인들이 표정이 풍부하다는 것은 사실이지만, 미국 사람들을 따를 순 없지요."

"좋소, 하인으로는 쓸 수 없지만 어릿광대로 쓰겠소. 프랑스에서는 외국 어릿광대가 인기지만 외국에서는 프랑스 어릿광대가 인기가 있는 법이지."

마침내 파스파르투는 일자리를 얻게 되었다. 바툴카 씨가 떠들썩하게 광고를 한 공연은 오후 3시에 시작될 예정이었다.

파스파르투는 자신이 맡은 역할을 미처 맞춰 보거나 연습할 시간도 없이 '긴 코들' 공연에서 그의 우람하고 튼튼한 어깨를 빌려 주기로 하였다. 인간 피라미드 공연은 초호화 쇼의 마지막 공연이었다.

3시가 되기도 전에 구경꾼들은 공연장 안에 가득 찼다. 이번 공연에서는 일반적인 곡예단이 으레 행하는 모든 묘기를 볼 수 있었다.

어떤 사람은 부채와 작은 종이 조각들로 우아한 나비와 꽃을 만들어 냈고, 또 어떤 사람은 담배 파이프에서 뿜어 내는 향기로운 연기로 글자들을 만들어 냈는데 그것은 관객들에게 보내는 인사말이었다. 그 사람은 현란한 촛불 묘기를 부리면서 촛불들을 하나하나 입김으로 껐다가는 다시 불을 붙였다.

이어서 그는 팽이 묘기도 보여 주었는데 작은 팽이들이 주머니 속에서도 지칠 줄 모른 채 쉬지 않고 빙글빙글 돌았다. 그러나 이번 공연의 하이라이트는 무엇보다도 '긴 코들'의 공연이었다. 텐구신의 가호를 받는 '긴 코들'은 중세의 군인처럼 특별한 옷을 차려입고 어깨에는 아름다운 날개가 달려 있었다. 무엇보다도 특이한 것은 대나무로 된 그들의 긴 코였다.

공연의 마지막을 장식하는 것은 이미 알려졌듯이 인간 피라미드였다. 바툴카 극단의 인간 피라미드는 사람들이 흔히 보는 것처럼 다른 사람의 어깨 위로 올라가 만드는 것이 아니라 긴 코를 이용해 만드는 것이었다.

여러 가지 빛깔로 장식된 무대 의상을 입고 얼굴에 긴 코가 달린 가면을 쓴 파스파르투는 젊은 시절의 기억이 떠오르자 마음이 서글퍼졌다. 파스파르투는 동료들과 함께 무대로 나가 바닥에 누운 채 코를 하늘로 향하게 했다. 그러자 두 번째 곡예사들이 그들의 긴 코 위로 올라갔고 뒤이어 세 번째, 네 번째가 올라가 마침내 피라미드처럼 높이 쌓아 올라갔다.

관객들의 환호 속에 합주단의 연주 소리가 천둥처럼 공연장 안을 뒤흔드는 순간, 갑자기 인간 피라미드가 카드로 만든 성처럼 와르르 무너져 내렸다.

"주인님!"

맨 아랫줄의 긴 코 하나가 갑자기 대열에서 빠져 나와 한 관객의 발 밑으로 뛰어들었다.

"자넨 파스파르투가 아닌가?"

아우다 부인과 함께 객석에 앉아 있던 필리어스 포그가 자신의 발 밑에 엎드린 그를 보고 말했다.

"네, 주인님!"

인간 피라미드를 무너뜨린 데 격분한 바틀카 씨가 손해 배상을 청구하자 필리어스 포그는 한 움큼의 지폐로 그의 분노를 가라앉혔다.

6시 30분, 미국행 여객선이 막 떠나려는 순간, 필리어스 포그는 아우다 부인과 함께 배에 올랐다. 그들의 뒤를 부리나케 따라 오른 파스파르투는 등에 매단 날개와 긴 코를 미처 떼지 못한 채였다.

# 태평양을 건너며

    상하이 앞바다에서 벌어진 일은 쉽게 짐작할 수 있는 일이었다. 요코하마로 가던 여객선은 탕카데르호가 쏘아 올린 신호탄을 알아보았다. 여객선 선장은 반기를 보고 작은 범선을 향해 다가왔다.

    필리어스 포그는 약속대로 존 번스비 선장에게 550파운드를 지불한 다음 아우다 부인과 함께 증기선 갑판에 올랐으며 픽스 형사도 그 뒤를 따라 올랐다.

    11월 14일 아침, 예정된 시간에 요코하마 항에 도착한 필리어스 포그는 즉시 카르나티크호를 찾았다. 프랑스인이 카르나티크호를 타고 전날 요코하마에 도착했다는 소식을 들었기 때문이었다.

그날 저녁에 곧바로 샌프란시스코행 여객선을 타야 하므로 필리어스 포그는 파스파르투부터 찾아 나서야 했다. 프랑스 영사관과 영국 영사관에 문의해 보았지만 아무 소용이 없어 요코하마 시내를 샅샅이 찾아보았다. 아무래도 파스파르투를 찾는 것은 틀린 것 같았다. 그런데 무슨 예감에 이끌렸던 것인지 우연히도 바툴카 곡마단의 공연장에 들어가게 되었다.

물론 그는 우스꽝스러운 광대 차림의 파스파르투를 알아보지 못했다. 그러나 파스파르투는 거꾸로 뒤집힌 자세에서도 객석에 앉아 있는 주인을 한눈에 알아보았던 것이다.

아우다 부인은 샌프란시스코로 가는 배 안에서 파스파르투에게 픽스라는 사람과 함께 탕카데르호를 타고 홍콩에서 요코하마까지 온 이야기를 들려주었다.

파스파르투는 아직 주인님께 픽스라는 사람이 형사라는 사실을 알려 드릴 때가 아니라고 판단해 홍콩의 술집에서 아편에 취해 정신을 잃었던 일을 사과하고 용서를 구했다.

필리어스 포그는 냉랭한 표정으로 말없이 파스파르투의 말을 듣다가 그에게 넉넉히 돈을 주면서 편한 옷을 사 입으라고 했다. 요코하마에서 샌프란시스코를 오가는 여객선 제너럴 그랜트호는 태평양 우편기선 회사 소속이었다.

이 여객선은 적재량 2,500톤의 대형 선박으로 완벽한 장비에 속도도 빨랐다.

또한 삼각돛을 갖추었으며 돛폭도 넓어 증기 기관에 한결 힘을 보태 주었다.

필리어스 포그는 12월 2일 샌프란시스코에 입항하고 11일에는 뉴욕에, 20일에는 런던에 도착함으로써 운명의 날인 12월 21일을 여유 있게 맞이할 수 있을 것이었다.

항해는 비교적 순조로웠다. 여객선은 거대한 바퀴와 튼튼한 돛으로 인해 거의 흔들림이 없었다. 태평양은 말 그대로 평온한 바다였다.

필리어스 포그는 늘 그렇듯이 침착하고 말이 없었다. 아우다 부인은 시간이 흐를수록 영국 신사에게 고마움 이상의 감정이 느껴졌다. 조용하면서도 너그러운 그의 성품이 어느덧 그녀의 마음을 사로잡았다.

아우다 부인은 영국 신사의 세계 일주 여행 계획에도 깊은 관심을 갖게 되었다.

그녀는 파스파르투와 자주 이야기를 나누었으며, 그는 아우다 부인의 마음을 읽을 수가 있었다.

　파스파르투는 주인의 정직성과 성실함, 그리고 관대함을 침이 마르도록 칭찬했다. 그는 여행이 실패로 돌아가면 어쩌나 속을 태우고 있는 아우다 부인에게 가장 어려운 고비는 넘겼으며 중국과 일본을 벗어나 문명화한 나라로 가는 중이니 걱정하지 말라고 안심시켰다.

　요코하마를 떠난 지 9일째, 필리어스 포그는 정확히 지구를 반 바퀴 돈 셈이었다. 그에게 주어진 80일 가운데 52일을 썼으며 이제 남은 날은 겨우 28일뿐이었다. 경도로 따지자면 겨우 절반 밖에 돌지 못한 셈이지만 그가 실제로 지나온 거리는 전체

거리의 3분의 2인 셈이었다.

11월 23일 현재 필리어스 포그는 1만 7,500 마일을 달려왔다. 그날은 파스파르투에게도 기억할 만한 날이 되었다.

파스파르투는 집안 대대로 내려온 소중한 시계를 런던 시간에 맞춰 둔 채 지금까지 자신이 거친 나라들의 시간이 모두 틀린 것이라고 우겨왔다.

그런데 바로 그날, 시곗바늘을 앞으로도 뒤로도 움직인 적이 없는데 그의 시계가 마침내 여객선의 시계와 꼭 들어맞는 것이었다.

'언제고 태양도 내 시계에 맞춰질 날이 올 줄 진작에 알고 있었다니까.'

파스파르투가 고개를 끄덕이며 만족한 표정으로 중얼거렸지만 그가 모르는 것이 있었다. 배의 시계가 아침 9시라면 파스파르투의 시계는 밤 9시, 다시 말해 21시를 가리키는 것이었다. 런던에서 경도 180도만큼 떨어진 지점의 표준시는 런던과 정확하게 12시간 차이가 난다는 사실을 그는 미처 모르고 있었다.

파스파르투는 문득 픽스 형사가 어떻게 되었을지 궁금하였다. 픽스 형사는 요코하마 항에 도착하자마자 영국 영사관으로 달려갔다. 그곳에는 봄베이에서부터 줄곧 기다려 온 체포 영장이 신청한 지 40일 만에 도착해 있었다. 체포 영장은 그가 놓쳤던 카르나티크호에 실려 홍콩에서부터 보내졌던 것이다. 그런데 범인이 영국령을 벗어난 이상 그를 체포하려면 범죄인 인도 영장이 필요하게 된 것이었다.

'지금은 체포 영장이 무용지물이 되었지만, 영국에 도착하면 쓸 수가 있지. 놈은 경찰을 따돌렸다고 생각하고 영국으로 돌아갈 게 틀림없어. 거기까지 놈을 따라가야지.'

픽스 형사는 지체 없이 제너럴 그랜트호에 몸을 실었다. 필리어스 포그 일행보다 먼저 배에 타고 있던 픽스 형사는 엉뚱한 복장을 한 파스파르투를 보자 질겁하며 놀랐다. 일을 그르칠지도 모르는 말다툼을 피하기 위해 그는 선실 안으로 몸을 피했다.

그는 프랑스인의 눈에 띄지 않게 무사히 항해를 마칠 수 있으리라 생각했지만, 원수는 외나무다리에서 만난다고 갑판 위에서 정면으로 마주치고 말았다.

파스파르투는 다짜고짜 픽스 형사에게 달려들어 주먹을 한 방 날렸다. 미국인 몇몇이 두 사람이 싸우는 광경을 보고는 파스파르투에게 돈을 걸었다. 파스파르투는 픽스 형사에게 몇 차례나 주먹을 날리면서 프랑스 권투가 영국 권투보다 한 수 위라는 사실을 입증해 주었다. 싸움이 끝나자 픽스 형사는 몸을 추스르며 겨우 말을 붙였다.

"다 끝났소?"

"지금은 그래요."

파스파르투가 숨을 몰아쉬면서 대답했다.

"어디 조용한 곳에 가서 이야기 좀 합시다. 당신 주인과 관련된 이야기요."

두 사람은 뱃머리에 나란히 앉았다.

"아이고, 아파라. 이렇게 심하게 때릴 것까진 없지 않소? 좋소, 이젠 내 말을 들어요. 난 지금까지 그의 적이었으나, 이젠 그의 편이오."

"드디어 우리 주인님께서 정직한 신사라는 사실을 믿게 된 건가요?"

"아니오, 나는 아직도 그가 범인이라고 믿고 있소. 필리어스 포그 씨가 영국령에 있는 동안은 체포 영장이 도착 할 때까지 그를 붙잡아 두려고 했소."

픽스 형사의 말에 파스파르투가 다시 주먹을 불끈 쥐었다.

"내 말을 끝까지 들어보시오. 필리어스 포그 씨는 영국으로 돌아가려는 것 같소. 그래서 나도 그의 뒤를 따라가기로 결심했소. 지금까지 그를 방해하기 위해 공들였던 노력과 정성을 이제

부터는 그의 앞을 가로막는 장애물을 없애는 데 쏟을 작정이오. 내 작전이 바뀐 것이오. 이 모든 일은 다 나를 위해서요. 당신이나 나나 같은 입장이라는 것을 알아두시오. 당신이 지금껏 범인의 시중을 들었는지, 아니면 정직한 주인의 하인이었는지는 영국에 도착하면 판가름날 테니까 말이오."

픽스 형사가 진지한 목소리로 말했다.

"우린 친구죠?"

"친구는 무슨, 당분간 우리는 동맹일 뿐이오. 하지만 당신이 조금이라도 배반할 낌새가 보인다면 그땐 가만두지 않을 줄 아시오."

"좋소!"

파스파르투의 말에 픽스 형사가 침착하게 대답했다.

12월 3일, 제너럴 그랜트호는 마침내 골든게이트를 지나 샌프란시스코에 입항했다.

필리어스 포그는 그때까지 하루를 잃지도 벌지도 않았다.

# 샌프란시스코에서 일어난 일

필리어스 포그 일행이 샌프란시스코 항에 도착해 신대륙에 첫
발을 내디딘 것은 아침 7시였다. 필리어스 포그는 상륙하자마자
뉴욕으로 가는 첫 기차가 언제 출발하는지 알아보았다.

뉴욕행 기차는 저녁 6시였으므로 필리어스 포그 일행은 캘리
포니아의 중심 도시에서 한나절을 보낼 수 있었다.

필리어스 포그는 마차를 불러 인터내셔널 호텔을 향해 출발했
다. 마차의 마부석에 앉은 파스파르투는 호기심이 가득 찬 눈빛
로 미국의 대도시를 둘러보았다. 인구가 20만이 넘는다는 대도
시답게 거리는 활기가 넘쳤다.

필리어스 포그와 아우다 부인은 쾌적하고 안락한 호텔 식당

에서 세상에서 가장 잘 생긴 흑인들이 날라다 주는 음식을 먹었다. 점심 식사를 마친 후, 두 사람은 영국 영사관에 가 여권에 비자를 받기 위해 호텔을 나섰다.

호텔 정문에서 만난 파스파르투가 말했다.

"주인님……, 기차 타기 전에 권총 몇 자루쯤 사 두는 게 어떨까요?"

인디언들이 열차를 습격한다는 소문을 들은 적이 있는 파스파르투가 말했다.

필리어스 포그는 굳이 그럴 것까지는 없을 듯 싶었지만 좋을 대로 하라고 파스파르투에게 이른 후, 200걸음도 못 가서 우연히도 픽스 형사와 마주쳤다.

픽스 형사는 짐짓 놀라는 체하면서 신세를 졌던 은인과 이렇게 만나게 되어 반갑다고 말했다. 그리고나서 자신도 일 때문에 유럽에 가야 하는데 동행하게 되어 기쁘다고 떠벌렸다.

"샌프란시스코 시내를 돌아보실 거라면 저도 함께 동행하고 싶습니다만……."

픽스 형사의 제안에 필리어스 포그가 흔쾌히 승낙했다.

세 사람은 시내를 다니다가 몽고메리 거리로 들어섰다. 거리는 사람들의 물결로 넘쳐 인도와 차도, 심지어는 지붕 위에도 사람들이 올라가 있었다.

"캐머필드 만세!"

"맨디보이 만세!"

정치 집회로 인해 사람들의 거친 함성이 오가고 거리는 소란
스러웠다.

픽스 형사는 자신이 쫓고 있는 사내가 괜한 소동에 휘말리기
라도 할까 봐 조바심이 났다.

"아무래도 자리를 피하는 게 좋겠어요. 만일 영국에 관련된 문
제라면 우리가 영국인이라는 사실이 알려져서 별로 좋을 게 없
잖아요."

그들은 무리에 휘말리지 않기 위해 자리를 피해 군중들 사이를 빠져나왔다.

그런데 한 건장한 사내가 필리어스 포그를 향해 주먹을 날렸다. 아마 픽스가 몸을 날려 막아 주지 않았더라면 그는 몹시 다쳤을 것이다. 픽스는 단 한 방에 실크 모자 속에 커다란 혹이 생겼다.

"양키!"

필리어스 포그가 경멸하듯 한 마디 던졌다.

"영국놈! 당신 이름은?"

"필리어스 포그. 당신은?"

"육군 대령 스탬프 프록터."

그들의 대화가 끝나자 사람들의 물결이 어느새 멀어져 갔다.

픽스는 옷이 찢어지긴 했어도 그리 심한 상처는 입지 않았다. 필리어스 포그와 픽스가 입은 옷은 마치 캐머필드와 맨디보이 지지자가 되어 대판 싸우기라도 한 것처럼 누더기가 되었다.

두 사람은 옷가게에 가서 모자까지 갖추어 신사복으로 말쑥하게 차려입은 다음 아우다 부인과 함께 인터내셔널 호텔로 돌아왔다.

파스파르투는 연발식 권총을 반 다스나 사서 무장한 채 주인을 기다리고 있었다.

　주인과 함께 나타난 픽스 형사를 본 파스파르투는 표정이 어두워졌다. 그러나 아우다 부인으로부터 자초지종을 전해 듣자 픽스가 적이 아닌 동맹임을 확인했다.

　저녁 식사를 마치자 호텔 앞에 역까지 데려다 줄 마차가 기다리고 있었다.

　"프록터 대령이라는 자, 다시 못 보셨소?"

　필리어스 포그가 픽스에게 물었다.

　"네, 못 봤습니다."

　"……!"

　"언젠가는 그자를 만나기 위해 미국에 다시 오겠소. 영국 시민이라면 그런 대접을 받고 가만히 있어서는 안 되죠."

　"만나야 하는데……."

　"그럴 만한 이유라도 있습니까?"

　픽스는 필리어스 포그가 결투를 용납하지 않는 영국에서라면 몰라도 외국에서는 자신의 명예를 위해 결투를 마다하지 않는 진정한 영국인임을 깨달았다.

# 무너진 다리

 

 

샌프란시스코에서 뉴욕까지는 3,786마일이나 되는 먼 거리였다. 태평양과 오마하 사이를 지나가는 철도는 아직까지 인디언이나 맹수들이 나타나는 위험한 지역을 거쳐 가야 했다.

세상을 떠난 뒤에도 여전히 미국 국민들에게 존경을 받고 있는 링컨 대통령은 네브래스카의 오마하라는 도시를 새 철도의 시발역으로 정했다.

여행객들을 태운 기차는 저녁 6시에 오클랜드 역을 떠났다. 기차가 출발한 지 1시간쯤 지나자 눈이 내리기 시작했다.

다음 날, 아침 9시가 되자 기차는 카슨 계곡을 거쳐 네바다주의 동쪽 끝에 있는 험볼트산맥이 나올 때까지 강줄기를 따라 쉬지 않고 달렸다. 필리어스 포그 일행은 창밖으로 펼쳐지는 아름다운 풍경을 감상하고 있었다. 지평선 너머 드넓은 평원과 산자락이 보이고 작은 강들이 물결을 일으키며 흘러갔다. 이따금씩 저 멀리서 무리지어 이동하는 들소 떼는 마치 거대한 둑이 움직이는 것처럼 보였다. 오후 3시쯤 되었을까? 1만 마리가 넘는 들소 떼들이 길을 막자 기관차는 속도를 줄이고 소 떼들을 밀어붙이려고 애써 보았지만 소용 없었다.

미국 사람들이 버펄로라고 부르는 들소 떼가 한 번 방향을 정하면 그들을 저지하거나 방향을 바꿀 수가 없었다. 그들은 어떤 둑으로도 막을 수 없는 살아 있는 급류였다.

여행객들은 통로에 흩어져서 이 진귀한 광경을 지켜보았다. 누구보다 갈 길이 바쁜 필리어스 포그는 자리를 지킨 채, 어서 들소들이 마음을 바꾸어 길을 터 주기를 차분히 기다릴 뿐이었다. 파스파르투는 짐승들 때문에 여행이 늦어진다고 생각하니 놈들에게 총이라도 쏴 주고 싶은 심정이었다.

들소 떼들의 행진은 세 시간 동안이나 계속되었다. 마지막 들소가 철길을 건널 즈음에는 어둠이 짙게 깔리었고 험난한 험볼트산맥을 통과했을 때는 밤 8시가 다 되었다.

9시 30분이 되자 기차는 그레이트솔트호의 고장인 유타주로

접어들었다. 샌프란시스코에서 약 900마일을 달려온 셈이었다.

12월 7일 기차는 리버 역에서 15분간 정차했다. 간밤에 눈이 제법 많이 내렸지만 기차의 운행을 방해할 정도는 아니었다.

몇몇 여행객들이 기차에서 내려 플랫폼을 거닐면서 기차가 다시 출발하기를 기다리고 있을 때, 무심코 창밖으로 눈길을 주던 아우다 부인은 샌프란시스코에서 필리어스 포그에게 무례하게 굴었던 스탬프 프록터 대령의 모습을 보았다.

기차가 다시 움직이기 시작하자 아우다 부인은 필리어스 포그가 잠깐 조는 틈을 타 불안에 떨면서 파스파르투에게 이 사실을 알렸다.

"그렇다면 프록터 대령이란 자가 이 기차에 탔단 말씀인가요?" 픽스가 소리치며 다시 말을 이었다.

"부인께서는 안심하세요. 그 사람은 포그 씨와 담판을 짓기 전에 우선 저와 볼일이 있어요. 모욕을 당한 건 바로 저니까요."

"필리어스 포그 씨는 다른 사람에게 복수를 해 달라고 맡길 분이 아니에요. 그분의 말씀대로 언제고 그 사람을 만나기 위해 미국에 오고도 남을 분이세요. 그러니까 만일 두 사람이 만난다면 도저히 결투를 막을 수는 없을 거예요."

"부인 말씀이 옳습니다. 결투는 분명 이번 여행을 망칠 수도 있어요."

"4일 후면 뉴욕에 도착하는데 그때까지 주인님과 맞닥뜨리는 일이 없어야 할 텐데……."

픽스의 말에 파스파르투가 끼어들며 말했다.

픽스는 필리어스 포그를 안전하게 영국으로 데려갈 수만 있다면 무슨 일이든지 할 수 있었다.

"이렇게 열차로 여행하시니 지루하시겠어요. 여객선에서는 카드 게임을 하셨지요?"

열심히 머리를 굴려 고민을 거듭한 픽스가 잠에서 깬 필리어스 포그에게 말을 걸었다.

"하지만 여기서는 카드도 없고 파트너도 없어서……."

"카드는 어렵잖게 구할 수 있을 겁니다. 이곳 미국 기차에서는 뭐든지 파니까요. 그리고 파트너라면 혹시 부인께서……."

"네, 카드 게임이라면 영국식 교육을 받을 때 배운 적이 있어요. 할 수 있어요."

아우다 부인이 명쾌하게 대답했다.

"저도 조금은 할 줄 압니다."

픽스의 말에 세 사람은 파스파르투가 구해 온 카드로 게임을 시작했다.

'휴우, 이제 주인님을 붙잡아 둘 수 있어서 다행이야. 게임을 하는 동안에는 절대로 자리를 뜨지 않으시겠지.'

오전 11시가 되자 기차는 로키산맥에서 가장 높고 험준한 해발 7,524피트의 브리저 고개를 지났다. 눈은 그치고 날씨는 더욱 차가웠다. 달리는 기차에 놀란 새들이 높이 날아올랐다.

객차에서 점심 식사를 마친 필리어스 포그 일행은 다시 카드 게임을 시작했다.

그 순간 요란한 기적 소리와 함께 기차가 갑자기 멈춰 섰다.

파스파르투가 무슨 일인지 알아보기 위해 객차 밖으로 뛰어나갔다. 이미 밖으로 나온 승객들 중에는 스탬프 프록터 대령도 있었다.

"안 됩니다. 지나갈 수 없어요! 지금 상태로는 메디슨보우 다리가 기차의 무게를 견디지 못한다니까요!"

다음 역인 메디슨보우 역의 역장이 보낸 수리공이 이유를 묻는 프록터 대령에게 단호한 어조로 말했다.

문제의 다리는 기차가 멈춰 선 곳에서 1마일 가량 떨어져 있는 급류 위에 매달린 낡은 다리였다. 수리공의 말에 의하면 다리가 자칫하면 무너질지도 모르는 위험을 무릅쓰고 기차가 통과할 수는 없다는 것이었다.

"그렇다면 이 눈밭에서 살라는 거야, 뭐야."

"대령님, 오마하 역에 전보를 쳐서 다른 기차를 보내 달라고 부탁해 놓았습니다. 하지만 그 기차는 6시간 뒤에나 메디슨보우 역에 도착할 것입니다."

프록터 대령의 항의에 역무원이 설명했다.

파스파르투는 드디어 주인님의 돈을 몽땅 쓴다 해도 어쩔 수 없는 장애물을 만난 것 같아 한숨이 절로 나왔다.

그때 기관사가 나와 말했다.

"여러분, 다리를 지날 방법이 한 가지 있긴 있습니다. 속도를 최고로 높여서 달리면 다리를 건널 수 있을지도 모릅니다."

기관사의 제안에 프록터 대령이 찬성했다.

"성공 확률이 50퍼센트는 됩니다."

"아니, 60퍼센트!"

승객들이 저마다 외쳤다.

파스파르투는 누구보다 먼저 메디슨보우 다리를 건너기 위해 무슨 일이든지 할 사람이었으나 지나치게 미국적인 것으로 생각되었다.

"승차하세요! 자, 모두들 승차해 주세요!"

역무원이 외치자 파스파르투가 혼잣말로 중얼거렸다.

'내 생각엔 승객들이 먼저 다리를 건넌 뒤에 기차가 건너는 게 올바른 순서 같아.'

그러나 아무도 파스파르투의 현명한 생각에 귀를 기울여 주지 않았다.

기관차가 요란하게 기적을 울렸다. 기관사는 마치 도약하기 위해 뒤로 물러서는 높이뛰기 선수처럼 기차를 1마일쯤 후진 시켰다. 두 번째 기적이 울리자 열차가 무서운 속도로 움직이기 시작했다.

시속 100마일로 달리는 기차는 레일 위에서 날고 있었다. 속도가 무게를 삼켜 버린 것이다.

결국 기차는 무사히 다리를 통과했다. 그러나 기차가 강을 건너기가 무섭게 낡은 다리는 요란한 소리와 함께 메디슨보우의 급류 속으로 휘말려 가라앉고 말았다.

# 인디언의 습격

기차는 쉬지 않고 내달려 샌더스 요새와 샤이엔 고개를 지나 마침내 에반스 고개에 도착했다. 이곳은 이 열차의 노선 중 가장 높은 지점으로 해발 8,901피트나 되었다. 이제 대서양까지 끝없는 평원을 내려가는 길만 남아 있었다.

밤 11시에 기차는 네브래스카주에 들어섰고, 플랫강 남쪽의 줄스버그에 닿았다.

필리어스 포그 일행은 카드 게임을 계속 했다. 갈 길이 멀다고 불평하는 사람은 아무도 없었다. 픽스는 필리어스 포그 못지 않은 열정으로 처음에는 돈을 땄으나 행운은 포그의 손으로 비오듯 쏟아졌다.

"나라면 다이아몬드를 낼 텐데……."

필리어스 포그가 스페이드를 내놓으려는 순간, 의자 뒤에서 누군가 한 마디 말을 던졌다.

카드 게임을 하던 사람들이 동시에 고개를 들어 그를 보았다. 그 사람은 바로 프록터 대령이었다.

"그러고 보니, 당신은 바로 그 영국인이군."

"그렇소, 게임을 하는 사람은 나요."

프록터 대령의 말에 필리어스 포그도 곧 그를 알아보았다.

두 사람이 말을 주고받자 아우다 부인의 얼굴이 창백해졌다.

"이봐요, 볼일은 나한테 있는 것 아니오? 당신은 날 모욕했을 뿐 아니라 때리기까지 했으니까."

픽스가 일어나 프록터 대령에게 말했다.

"픽스 씨, 미안하지만 이건 내 문제요. 이건 결투로 해결해야겠소."

필리어스 포그의 말에 아우다 부인이 팔을 잡고 애원했지만 소용 없었다.

"좋소, 당신이 원하는 시간, 원하는 장소에서 당신이 선택하는 무기로 합시다."

"나는 지금 급히 런던으로 돌아가야만 하니, 나와 6개월 후에 다시 만납시다."

"차라리 6년 후에 보자고 하시지. 변명은 집어치우고 지금 결투를 벌이든가 아니면 말든가 하시오. 다음 정거장에서 10분간 정차할 거요. 10분이면 권총 몇 발 쏘는 데 충분하지 않소?"

"좋소, 그럼 다음 정거장에서 내리기로 합시다."

필리어스 포그는 픽스에게 결투의 증인이 되어 달라고 정중하게 부탁했다. 그러고는 아무 일 없었다는 듯이 스페이드를 내놓으며 다시 카드 게임을 시작했다.

다음 역인 플럼크리크 역에 도착하기 직전, 필리어스 포그가 자리에서 일어나자 픽스가 그의 뒤를 따랐다. 파스파르투는 연발 권총 두 자루를 들고 그들의 뒤를 따랐다.

"신사분들, 내리시면 안 됩니다. 기차가 연착했기 때문에 이번 역에서는 정차하지 않습니다."

그들이 열차에서 내리려는 순간, 역무원이 소리쳤다.

"하지만 우리는 여기서 결투를 해야 하는데……."

"유감입니다. 그러면 달리는 기차 안에서 싸우시는 건 어떻습니까?"

역무원이 친절하게 말하면서 마지막 객차에 탄 사람들에게 양해를 구했다.

승객들은 그들이 결투를 하도록 기꺼이 자리를 피해 주었다. 길이가 50피트쯤 되는 객차는 결투를 벌이기에 안성맞춤이었다. 서로 등을 돌린 채 통로를 걸어가다가 재빨리 뒤를 돌아 상대편을 총으로 쏘기만 하면 되었다.

첫 기적이 울리면 그들의 총구에서 불을 뿜을 것이고 두 사람 가운데 살아남은 사람이 마지막 객차에서 걸어 나올 것이다.

모두들 숨을 죽이고 기적 소리가 울리기만을 기다렸다. 그런데 갑자기 폭발음 소리가 들리더니 사람들의 비명 소리가 들려왔다.

수족 인디언들이 열차를 습격한 것이었다. 인디언들은 달리는 열차에 뛰어들어 재주를 부리는 곡예사들처럼 객차로 기어올랐다. 기관사와 화부는 이미 도끼질 세례에 쓰러졌고 수족의 우두머리가 열차를 세우려 했으나, 작동할 줄 몰라 증기가 들어오는 구멍을 활짝 열어 놓는 바람에 열차는 무서운 속도로 달리기 시작했다.

인디언들의 습격을 받자 아우다 부인은 놀랄 만큼 용감하게 여전사처럼 총을 들고 박살난 유리창 틈으로 총을 쏘며 적극적인 방어를 했다.

역무원은 마지막 객차에서 용감히 싸우다가 총에 맞아 쓰러지면서 말했다.

"기차를 세우지 못한다면 열차는 인디언의 손에 넘어갑니다."

역무원이 남긴 마지막 말에 파스파르투는 기차를 세우는 일은 바로 자신이 할 일이라고 판단했다. 필리어스 포그가 말릴 틈도 없이 용감한 파스파르투는 인디언의 눈을 피해 객차 밑으로 들어갔다. 머리 위에서는 총알이 빗발쳤지만 파스파르투는 그 옛날 곡예사 시절의 유연성과 민첩성을 살려 화물칸에 매달린 채 안전 장치를 풀었다.

안전 고리가 떨어져 나가자 객차는 주춤거리며 뒤로 처졌으나 기관차는 더욱 속력을 내며 멀어져 갔다. 요새를 지키던 군인들이 총격 소리를 듣고 달려오자 인디언들은 도망치기 시작했다.

커니역 플랫폼에 모여 인원을 파악하던 중 자신의 몸을 바쳐 많은 사람들의 생명을 구한 파스파르투를 포함한 승객 3명이 실종되었음을 알게 되었다. 그들은 수족 인디언들에게 끌려갔는지, 아니면 목숨을 잃었는지 아무도 알지 못했다.

승객들 중에는 다친 사람들은 많았지만 치명적인 부상을 당한 사람은 없었다. 프록터 대령은 용감하게 싸우다가 허벅지에 총을 맞아 부상자들과 함께 역으로 후송되었다.

아우다 부인은 무사했으며 픽스는 팔에 가벼운 부상을 당했다. 몸을 아끼지 않고 싸운 필리어스 포그는 가벼운 타박상조차 입지 않았다.

필리어스 포그는 중대한 결정을 내리기 위해 팔짱을 낀 채 꼼짝도 하지 않았다.

"죽었든 살았든 파스파르투를 찾아야 합니다. 지금 당장 떠나면 그를 살려서 데려올 수 있을 것입니다."

이 결정으로 필리어스 포그는 모든 것을 희생하고 파산 선고를 내린 거나 다름없었다. 하루만 늦어져도 뉴욕에서 여객선을 탈 수 없을 것이고 이번 여행의 내기에 지게 될 것은 불을 보듯

뻔한 일이었다. 그러나 그는 파스파르투를 구해야겠다는 신념에 주저함이 없었다.

"대위, 승객 세 사람이 실종되었소. 수족을 추격할 거요?"

필리어스 포그가 장교에게 물었다.

"그건 쉬운 일이 아닙니다. 인디언들은 아칸소주 너머까지 도망갈 테니까요. 요새를 위험에 방치할 수는 없습니다."

"대위, 세 사람의 생명이 걸린 문제요."

"하지만 세 사람을 구하고자 50명의 병사들을 위험에 빠뜨리게 할 수는 없습니다."

"그렇다면 나 혼자라도 가겠소."

필리어스 포그가 용감하게 나섰다.

"잠깐, 혼자서 인디언을 추격하러 나서겠단 말씀입니까?"

픽스가 놀라서 소리쳤다.

"당신은 정말 용기 있는 분이시군요."

대위가 병사들을 돌아보며 30명만 지원하라고 외쳤다. 그러자 병사들이 모두 한 걸음 앞으로 나섰다.

"고맙소, 대위."

필리어스 포그가 말했다.

"저도 따라가겠습니다."

"아닙니다."

픽스가 나서자 필리어스 포그는 진정 돕고 싶다면 아우다 부인 곁에 남아 달라고 부탁했다.

그러자 픽스는 온갖 정성을 기울여 온 이 사내와 헤어져야 한다는 서운함이 컸지만 솔직한 그의 눈빛 앞에서 고개를 떨굴 수밖에 없었다.

"여러분, 실종된 사람들을 구하게 되면 1천 파운드를 내놓겠습니다."

필리어스 포그가 병사들에게 말했다.

아우다 부인은 역 구내에 마련된 숙소에서 숙박하면서 숭고한, 너그러움을 지녔으면서도 용기 있는 한 신사가 무사히 돌아오기만을 기다렸다. 그는 하인의 생명을 구하기 위해 자신의 재산을 희생하면서 마지막 남은 목숨까지도 용감하게 내걸었던 것이다.

그러나 픽스는 잠시나마 포그에게 자신의 마음을 빼앗겼던 것을 후회하면서 플랫폼을 서성거렸다.

'어쩌자고 그런 짓을⋯⋯. 지구를 한 바퀴 돌면서 뒤쫓아온 범인을 바로 코앞에서 도망치도록 내버려 두다니⋯⋯. 천하의 픽스가 체포 영장을 주머니 속에 넣고도 범인에게 마음을 빼앗겨 일을 그르치다니⋯⋯.'

어느새 밤이 되었으나 파견대는 돌아오지 않았다. 눈발은 가늘어졌으나 바람은 더욱 거세게 불었다. 그렇게 밤이 지나자 지평선에 태양이 떠오르기 시작했다.

아침이 되자 대위는 부관을 불러 수색대를 파견하라고 지시했다. 바로 그 순간 어디선가 총성이 들리더니 아침 안개 속에서 몇몇 사람들의 모습이 보였다. 앞장선 사람은 필리어스 포그였고, 나머지 사람은 수족에게서 풀려난 파스파르투와 승객 두 명이었다.

필리어스 포그는 약속한 대로 병사들에게 1천 파운드를 내놓았다.

'난 역시 주인님의 돈을 쓰게 하는 돈덩어리라니까.'

파스파르투가 투덜거렸다.

# 체포된 필리어스 포그

필리어스 포그는 20시간을 허비했다. 주인의 계획을 망쳐버린 직접적인 원인이 된 파스파르투는 마음이 몹시 불편했다.

"만일 인디언의 습격으로 여행이 방해받지 않았다면 11일 아침에는 뉴욕에 도착할 수 있었겠지요?"

"그렇소. 열두 시간 여유 있게 도착했을 거요."

픽스의 말에 필리어스 포그가 대꾸했다.

"스무 시간에서 열두 시간을 빼면 여덟 시간만 손해 보신 셈이군요. 그러니 여덟 시간만 따라잡으면 되겠지요?"

"걸어서 말이오?"

"아뇨, 돛이 달린 썰매를 타고 가는 겁니다."

돛이 달린 썰매는 겨우내 폭설로 기차 운행이 중단될 때면 얼어붙은 평원을 달려 사람들을 실어날랐다.

쾌속선보다 더 큰 돛을 단 덕분에 급행 열차만큼 빠른 속도로 평원 위를 달리는 이 썰매의 주인은 금세 필리어스 포그와 거래를 이루었다. 그동안 내린 눈이 꽁꽁 얼어붙어 몇 시간이면 오마하 역에 도착할 수 있다고 주인이 장담하는 바람에 손해 본 시간을 따라잡을 수도 있는 모험을 주저할 이유가 없었다. 오마하 역은 시카고와 뉴욕으로 가는 열차가 하루에도 몇 차례씩 떠나는 곳이었다.

필리어스 포그는 추운 날씨에 모진 바람을 가릴 곳 없는 썰매에 아우다 부인을 태워 데리고 가고 싶지 않았다. 그는 아우다 부인을 파스파르투와 함께 커니 역에서 다음 열차를 타게 해 편안하게 유럽으로 데려가고 싶었다.

그러나 한사코 아우다 부인이 거절해 파스파르투는 마음속으로 기뻤다. 그는 픽스 형사가 주인님을 따라다니는 한 이 세상을 다 준다 해도 결코 주인의 곁을 떠날 수가 없었다.

썰매가 커다란 돛을 올리고 출발 준비를 마치자 필리어스 포그 일행은 여행용 모포로 몸을 감쌌다. 썰매는 바람의 힘을 빌려 얼어붙은 눈밭 위를 시속 40마일의 속도로 미끄러져 나가기

시작했다. 바람이 계속 불어만 준다면 역까지는 다섯 시간의 거리로 오후 1시면 오마하 역에 도착할 수 있었다.

"썰매가 박살나지 않는 한 제 시간에 도착할 수 있을 겁니다." 썰매 주인 머지의 말에 필리어스 포그는 그에게도 어김없이 상금을 약속해 두었다.

썰매가 달리는 평원은 마치 바다처럼 고요했다. 어차피 강물은 꽁꽁 얼어붙어 장애물이 될 만한 것은 없었다. 썰매는 끝없이 펼쳐진 눈의 융단 위를 달렸다. 유니언 태평양 철도의 간선과 커니에서 세인트 조지프를 잇는 지선 사이의 평원은 마치 광대한 무인도 같았다. 마을도 없고, 역도 없고, 요새도 없었다. 이따금씩 나무 몇 그루가 번개처럼 스쳐 갈 뿐이었다. 가끔씩 철새들이 날아오르고 굶주린 늑대 무리가 썰매 뒤를 따라왔다. 파스파르투는 그럴 때마다 연발 권총을 들고 가까이 따라붙는 녀석들에게 불을 뿜을 태세를 갖추었다. 행여 사고가 나서 썰매가 멈추기라도 한다면 늑대의 습격을 받을 것이 뻔했고 그렇게 되면 여행자들의 운명도 장담할수 없었다. 다행히 썰매는 속도를 늦추지 않았고 울부짖는 늑대의 무리를 따돌릴 수 있었다.

노련한 안내인이 키에서 손을 놓고 돛을 모두 거둔 것은 오후 1시가 못 되어서였다.

"다 왔습니다!"

필리어스 포그는 약속대로 머지에게 충분한 대가를 치렀다.

일행은 오마하 역을 향해 달려가 가까스로 막 떠나려는 기차에 올랐다. 밤사이 기차는 대번포트에서 미시시피강을 건너 북아일랜드를 통해 일리노이주를 지났다.

10일 오후 4시, 기차는 시카고에 도착했다. 시카고는 화재의 폐허를 딛고 재건되어 당당한 모습으로 미시건호 주변에 자리 잡고 있었다. 시카고에서 뉴욕까지는 900마일이었다.

필리어스 포그 일행은 시카고에서 기차를 갈아탔다. 기차는 마치 점잖은 신사를 위해 1분도 낭비해서는 안 된다는 것을 알기라도 하는 듯 전속력으로 내달렸다.

인디애나, 오하이오, 펜실베이니아, 뉴저지를 번개처럼 통과하자 기차는 마침내 12월 11일 밤 11시 15분에 허드슨강이 보이는 강변에 도착했다.

그러나 영미 로열우편기선회사 소속 증기선이 정박하는 부두에서 리버풀행 여객선 차이나호는 이미 45분 전에 떠난 후였다. 차이나호는 떠나면서 필리어스 포그의 마지막 희망마저 실어가 버린 듯했다.

파스파르투는 45분 때문에 여객선을 놓치자 절망으로 속이 터질 것만 같았다. 여행길에서 벌어졌던 모든 사건을 돌아보니, 자신이 저지른 일 때문에 결국 주인님이 내기에 져 파산을 하게 된 것이다. 생각이 여기에 미치자 파스파르투는 눈앞이 캄캄해졌다.

그러나 필리어스 포그는 파스파르투를 조금도 책망하지 않았다. 일행은 페리 보트로 허드슨강을 건너 브로드웨이의 세인트니콜라스 호텔로 향했다.

다음 날인 12월 12일, 필리어스 포그는 일행들에게 언제라도 떠날 수 있도록 준비를 하라고 말한 후, 허드슨 강변으로 나가 항구에 정박하고 있거나 닻을 내린 선박들 중 당장에라도 출항할 수 있는 배를 주의 깊게 살펴보았다.

거대한 뉴욕 항은 세계 곳곳으로 떠나는 배들로 날마다 북적거렸다. 바로 그때 굴뚝에서 가느다란 연기를 뿜어 내며 출항 준비를 하고 있는 스크루 상선 한 척이 눈에 띄었다. 윗부분은

나무로 되어 있고 선체는 철제로 된 그 배의 이름은 헨리에타호
였다.

50대로 보이는 구릿빛 얼굴의 헨리에타호 선장은 첫눈에도
바다에서 잔뼈가 굵은 만만치 않은 사내로 보였다.

"댁이 선장이시오? 나는 필리어스 포그요."

"난 앤드류 스피디요."

"언제 출항합니까?"

"1시간 뒤요."

"승객이 있습니까?"

"이 배는 자갈을 실은 화물선이오. 승객은 절대로 안 태워요.
성가시고 까다로운 화물이니까요."

"배는 빨리 갑니까?"

"11에서 12노트로 갑니다. 헨리에타호라면 이 바닥에선 유명
하오."

"그렇다면 나와 다른 세 명의 승객을 리버풀까지 데려다 줄 수
있겠소?"

"리버풀? 차라리 중국으로 가자고 하시지. 이 배는 보르도로
떠나는 길이고 보르도로 갑니다."

"얼마를 준다고 해도?"

"얼마를 준다고 해도."

"그렇다면 이 배를 파시오."

"싫소."

필리어스 포그는 눈 하나 깜짝 하지 않았으나 상황은 심각했다. 뉴욕과 홍콩이 다른 것처럼 헨리에타호의 선장도 탕카데르호의 선장과 다를 수밖에 없었다.

"그럼 보르도까지만 태워다 주겠소?"

"싫소. 200달러를 낸다고 해도."

"그럼 2천 달러 드리겠소."

"1인당 2천 달러라고요?"

스피디 선장은 이마의 살갗을 벗겨 내기라도 할 듯이 긁기 시작했다. 1인당 2천 달러라면 그건 승객이라기보다 값비싼 화물이었다.

"이 배는 9시에 출항할 거요."

"좋소, 그럼 9시에 봅시다."

파스파르투는 마지막 항해를 위해 들어간 돈이 얼마인지를 알고는 외마디 비명을 질렀고 그 소리는 반음계씩 내려가며 한참 동안이나 이어졌다.

픽스 형사는 잉글랜드은행이 이번 도난 사건으로 입은 손실을

만회하기는 어려울 것이라며 속으로 투덜거렸다.

헨리에타호는 허드슨강의 샌디후크 곶을 돌아 롱아일랜드 연안을 따라 파이어 아일랜드 등대가 있는 바다를 향해 동쪽으로 나아갔다.

12월 13일 정오가 되자 한 사람이 현재 위치를 측정하기 위해 선교 위로 올라갔다. 뜻밖에도 그는 스피디 선장이 아니라 필리어스 포그였다.

필리어스 포그는 보르도를 고집하는 스피디 선장을 선실에 가두고 그와 사이가 좋지 않은 선원들을 매수해 헨리에타호의 지휘권을 넘겨받아 리버풀로 향하고 있었다.

처음 며칠 동안 항해는 순조로웠다. 바다는 잔잔했으며 바람은 북동쪽에서 불어 돛들은 비교적 잘 버티고 있었다. 헨리에타호는 마치 대서양 횡단 여객선이라도 되는 것처럼 부드럽게 바다를 헤쳐 나갔다.

파스파르투의 붙임성 있고 유쾌한 성격은 순식간에 선원들의 마음을 사로잡았다. 그는 때때로 픽스 주변을 맴돌면서 의미심장한 눈길을 던졌으나 말을 걸진 않았다. 한때 친구 사이였던 두 사람에게 이제는 겨자씨만큼의 우정도 남아 있지 않았다.

픽스 형사는 헨리에타호를 손아귀에 넣고 선원들을 매수한 뒤

뱃사람보다도 더 노련하게 배를 몰아 가는 필리어스 포그를 보면서 5만 5천 파운드라는 거금을 훔칠 수 있는 도둑이라면 선박한 척쯤 통째로 가로채는 일쯤은 어려운 일이 아닐 거라는 생각이 들었다. 해적이라고 해도 좋을 이 도둑은 안심하고 숨을 수 있는 이 세상 어딘가로 가고 있을지도 모를 일이었다.

그는 갈수록 호두 속 같은 이번 사건에 말려든 것을 후회하기 시작했다.

13일 배는 뉴펀들랜드 뱅크를 통과했다. 이곳은 항해하기 어렵기로 소문난 해역이었다. 밤새 기온이 뚝 떨어지면서 추위도 매서워지고 바람마저 남동풍으로 변했다. 하늘의 변화와 함께 파스파르투의 얼굴도 어두워졌으며 항해가 거친 이틀 동안 순박한 사내의 가슴은 까맣게 타 들어갔다. 그러나 필리어스 포그는 바다와 정면 대결을 할 만큼 배짱이 좋은 선원답게 파도를 탈 수 없으면 파도를 뚫고 항해를 계속 했다.

파스파르투는 기관사가 갑판으로 올라와 필리어스 포그와 심각한 이야기를 주고받는 모습을 보았다.

"출항 이후 최대한으로 연료를 썼으므로 보르도까지는 어떻게든 갈 수 있겠지만 리버풀까지 간다는 것은 무리입니다."

기관사의 말에 파스파르투는 견딜 수 없는 불안감에 사로잡혔다. 그는 픽스 형사에게 이 상황을 털어놓았다.

"당신은 진짜 리버풀로 가는 줄 알고 있소? 순진하기는……."

픽스 형사가 내뱉듯이 말했다.

"화력을 최대치로 올리고 연료가 다 떨어질 때까지 속력을 내시오."

필리어스 포그가 뭔가 결단을 내린 듯 기관사에게 말했다. 헨리에타호는 시커먼 연기를 토해 내면서 전속력으로 나아갔다.

필리어스 포그는 선박의 위치를 측정한 후, 파스파르투에게 선장을 데리고 오라고 일렀다. 파스파르투에게는 마치 맹수를 풀어 주라는 말처럼 들렸다.

잠시 후, 고함과 욕설을 입에 단 스피디 선장이 도착했다.

"대체 여기가 어디요?"

스피디 선장은 분노를 삼키며 간신히 내뱉었다.

"리버풀에서 770마일 떨어진 곳이오."

"당신은 해적이오!"

"내가 선장을 부른 것은 이 배를 나에게 팔라고 부탁을 하기 위해서요."

"안 팔아! 무슨 일이 있어도 안 팔아!"

"이 배를 불태워 버릴 수밖에 없어서 하는 말이오."

"뭐라고, 내 배를 불태운다고? 이 배는 5만 달러나 나가는 배란 말이야!"

스피디 선장이 고래고래 소리쳤다.

"그렇다면 6만 달러 주겠소."

필리어스 포그가 지폐 뭉치를 보이면서 말했다.

현금 6만 달러를 보고도 아무런 느낌이 없다면 미국인이 아닐 것이다. 스피디 선장은 한순간에 그토록 끓어오르는 분노도, 자신이 감금되었다는 사실도 모두 다 잊은 듯했다. 게다가 헨리에타호는 20년이나 된 낡은 배였던 것이다.

"대신 철제 선체는 내 몫이오."

"선체와 엔진까지 모두 가져도 좋소. 그대신 나무로 된 것은 내 것이니 선상의 목재 골조를 모두 뜯어서 연료로 쓰겠소."

스피디는 빳빳한 돈뭉치를 세어서 주머니 속에 넣었다.

이 광경을 지켜본 파스파르투의 얼굴은 놀란 나머지 납빛이 되었다. 픽스 형사는 졸도하지 않은 게 기적이었다. 배의 중요 부분인 선체와 엔진을 양보한 채 단지 땔감으로 쓰기 위해 이토록 낡은 배를 비싼 값으로 사들이다니 은행을 턴 도둑이 아니고는 도저히 할 수 없는 일이었다.

그날로 상갑판이며 선실, 선원실, 아래 갑판 등이 모두 땔감으로 변하기 시작했다.

12월 19일에는 돛대와 예비 돛대감과 활대용 둥근 목재들이 불에 던져졌다.

선원들은 마치 파괴의 화신이라도 된 듯이 돛대를 떼어 도끼로 동강냈다.

다음 날인 20일에는 난간과 갑판의 대부분이 없어졌다. 헨리에타호는 이제 바닥이 평평한 볼품 없는 선박이 되어 있었다.

드디어 저 멀리 아일랜드 해안과 패스트넷 등대가 보였다. 그러나 밤 10시가 되도록 헨리에타호는 아직 퀸스타운밖에는 가지 못했다. 이제 필리어스 포그가 런던에 닿기까지는 24시간밖에 쓸 수 없었다. 그 시간은 헨리에타호가 전속력으로 달린다 해도 도저히 리버풀까지밖에 갈 수 없는 시간이었다.

"저기 불빛이 보이는 도시가 퀸스타운인가요?"

필리어스 포그가 스피디 선장에게 물었다.

"그렇소. 만조 때만 입항이 가능하니까 3시간 뒤에나 입항할 수 있소."

퀸스타운은 아일랜드 연안의 항구 도시로 미국에서 오는 대서양 횡단선이 잠시 들러 우편물 자루를 던져 주고 가는 곳이었다. 이 우편물들은 급행 열차편으로 더블린까지 보내졌다. 더블린에서 리버풀까지는 쾌속 증기선으로 가는데, 가장 빠르다는 해운 회사의 선박보다 12시간 먼저 도착할 수 있었다.

새벽 1시쯤, 헨리에타호는 만조를 이용해 퀸스타운 항에 입항했다. 필리어스 포그는 스피디 선장과 악수를 나눈 후, 뼈대만 남았으나 아직도 절반 이상은 멀쩡한 배에서 내렸다.

필리어스 포그 일행은 퀸스타운을 출발하는 열차에 올라 더블린에 도착했으며 그곳에서 파도 따위는 우습다는 듯 한결 같은 속도로 나가는 초고속 방추형 강철 증기선에 몸을 실었다.

12월 21일 정오를 20분 남겨 두고 필리어스 포그는 마침내 리버풀 항에서 내렸다. 이제 런던까지는 6시간이면 갈 수 있었다.

그때 픽스 형사가 필리어스 포그의 어깨 위에 손을 얹었다.

"필리어스 포그 씨가 틀림없지요?"

"그렇소."

"여왕의 이름으로 당신을 체포하겠소."

픽스 형사가 필리어스 포그에게 체포 영장을 내밀며 말했다.

# 아우다 부인의 청혼

필리어스 포그는 리버풀 세관의 유치장에 감금되어 그곳에서 하룻밤을 보낸 뒤, 런던으로 송치될 예정이었다.

아우다 부인은 자신의 목숨을 구해 준 정직하고 용기 있는 신사가 도둑으로 체포되다니 믿을 수가 없었다. 그녀는 생명의 은인인 그 신사를 구하기 위해 아무 일도 할 수 없음을 깨닫고 하염없이 눈물만 떨구었다.

픽스 형사가 그 신사를 체포한 것은 그의 의무였으며 그에게 죄가 있는지 없는지는 정의가 밝혀 주리라.

파스파르투는 이 모든 불행의 원인이 자신에게 있다는 끔찍한 사실을 떨쳐 버릴 수가 없었다. 픽스가 자신이 형사라는 사실을 털어놓으면서 줄곧 따라붙었을 때, 왜 그 사실을 주인님께 알리지 않았는지 스스로를 나무랐다. 만일 그랬다면 주인님은 자신의 결백을 입증할 만한 증거를 제시했을 테고, 결국 모든 것이 오해였음이 밝혀졌을 것이다. 그러면 영국 땅에 발을 딛기만 하면 체포하겠다고 벼르던 픽스 형사에게 교통비까지 대주면서 동행하지 않아도 되었을 것이다.

파스파르투는 자신의 부주의와 어리석음을 탓하며 뼈저린 후회의 눈물을 흘렸다.

"모든 것을 주인님께 말씀드렸어야 했어. 특히 픽스 형사에 관해서는……."

필리어스 포그는 이번에야말로 완전히 끝장나고 말았다. 리버풀에 도착한 시간이 12월 21일 11시 40분이었으므로 저녁 8시 45분까지 런던의 리폼 클럽에 도착하려면 9시간 5분의 여유가 있었던 것이다.

유치장에 갇힌 필리어스 포그는 태연히 나무 의자에 앉아 꼼짝도 하지 않았다. 그는 시계를 탁자 위에 올려 놓고 초침의 움직임을 가만히 들여다보았다. 그러고는 지갑에서 여행 일정표를 꺼내 12월 21일 토요일, 리버풀이라고 쓰인 칸을 찾아 '80번째 날, 오전 11시 40분'이라고 덧붙여 썼다.

세관의 괘종시계가 1시를 알렸다. 지금이라도 급행 열차에 오르면 저녁 8시 45분이 되기 전에 런던의 리폼 클럽에 도착할 수 있었다.

2시가 지나자 문밖에서 왁자지껄한 소리가 들렸다. 필리어스 포그의 눈빛이 반짝 빛났다.

문이 열리자 파스파르투와 아우다 부인과 머리가 잔뜩 헝클어진 픽스 형사의 모습이 보였다.

"포그 경, 정말 죄송합니다. 범인과 너무 닮아서 그만……. 잉글랜드은행을 턴 범인은 벌써 3일 전에 잡혔다는군요."

픽스 형사가 기어들어가는 목소리로 겨우 말했다.

"……."

그러자 필리어스 포그는 천천히 다가가 픽스 형사의 얼굴에 정확하게 주먹을 날렸다. 그 행동은 지금까지 해 본 적도 없고 앞으로도 그의 인생에서 두 번 다시 일어날 수 없는 일이었다. 픽스 형사는 바닥에 쓰러진 채 아무 말도 하지 못했다.

필리어스 포그는 아우다 부인과 파스파르투와 함께 급히 마차를 타고 겨우 리버풀 역에 도착했으나 급행 열차는 이미 35분 전에 떠난 후였다. 그러자 필리어스 포그는 특별 열차를 주문했다. 오후 3시, 필리어스 포그는 기관사에게 두둑한 상금을 약속하고 런던을 향해 출발했다. 필리어스 포그가 도착했을 때는 런던의 모든 시계가 9시 10분 전을 가리키고 있었다.

필리어스 포그는 세계 일주를 마치고 5분 늦게 도착한 것이었다. 그는 내기에 졌다.

다음 날, 필리어스 포그가 집에 돌아왔다는 사실을 새빌로의 이웃 주민들이 알았다면 놀랐을 것이다. 여느 때처럼 창문이 닫혀 밖에서 보면 달라진 것이 아무것도 없었기 때문이다.

그는 자신을 파산하게 한 모든 사실을 평상시와 다름없이 초연하게 받아들였다. 그 기나긴 여정 동안 확신에 찬 걸음을 내딛었고 수천 가지의 장애물을 뛰어넘었으며 수없이 많은 위험에 용감히 맞섰을 뿐 아니라 따로 시간을 내 좋은 일까지 했건만 성공을 바로 눈앞에 둔 상황에서 그만 예측할 수 없는 일이 벌어져 속수무책으로 당할 수밖에 없었던 것이다.

이제 그에게 남은 재산이라곤 베어링형제은행에 있는 2만 파운드가 전부였으나, 이 돈마저도 리폼 클럽 동료들의 몫이 될 것이다. 그렇게 많은 돈을 길에다 뿌리고 다녔으니 설사 내기에 이긴다 해도 다시 부자가 되진 못할 테지만 처음부터 돈이 아닌 명예를 위한 내기였으므로 크게 탓할 일은 아니었다.

파스파르투가 집에 도착해서 가장 먼저 한 일은 자기 방에서

80일 동안 타고 있는 가스등을 끈 일이었다.

　새빌로 집의 방에서 쉬고 있던 아우다 부인은 필리어스 포그의 몇 마디 말을 통해 그가 무언가 불길한 결단을 앞두고 있다는 것을 느낌으로 알아차렸다.

　필리어스 포그는 파스파르투에게 저녁 무렵 아우다 부인에게 잠시 이야기를 나눌 수 있도록 시간을 내줄 것을 일러두었다.

　파스파르투는 한결같이 침착한 주인의 얼굴을 바라보면서 돌이킬 수 없는 재앙이 자기 탓으로 느껴져 참을 수가 없었다.

　"부인, 저는 주인님께 아무것도 해 드릴 수가 없어요. 하지만 부인이라면……."

　"제가 무슨 힘이 되겠어요? 포그 씨는 누구의 영향도 받지 않는 분이세요. 감사에 넘치는 제 마음을 그분이 한 번이라도 알아준 적이 있던가요? 하지만 당신은 그분의 곁을 한 순간이라도 떠나선 안 돼요. 그리고 그분이 오늘 저녁 저와 할 이야기가 있다고 하신다면 기다리겠다고 전해 주세요."

　일요일인 그날, 새빌로 저택은 마치 아무도 살지 않는 집처럼 조용하기만 했다. 괘종시계가 11시 30분을 알렸는데도 필리어스 포그는 처음으로 리폼 클럽에 가지 않았다. 그 전날 저녁인 8시 45분, 운명의 시간에 그가 나타나지 않았으므로 그는 내기에

진 것이다.

파스파르투는 새빌로 저택의 계단을 쉴새없이 오르락내리락
했다. 그에게는 세상이 끝나고 시간이 정지된 것처럼 느껴졌다.

저녁 7시 30분경, 필리어스 포그는 파스파르투를 통해 아우다
부인에게 시간을 내줄 것을 부탁했고, 그들은 방 안에 단 둘이
있게 되었다. 필리어스 포그는 벽난로 가까이에 아우다 부인과
마주 앉았다.

"부인, 당신을 영국으로 데려온 것을 용서해 주시겠소?"

"전 당신께 감사를 드릴 뿐입니다."

"위험에 빠진 당신을 데리고 와야겠다는 생각을 할 때만 해도
나는 부자였소. 그래서 재산의 일부를 당신을 위해 쓸 생각이었
소. 나는 당신을 자유롭고 행복하게 해 주고 싶었소. 하지만 난
이제 파산했소."

"알고 있어요. 당신을 따라와 여행 일정에 차질이 생기게 하고
결국 당신을 파산하게 한 저를 용서해 주시겠어요? 당신 같은
분이 곤궁에 빠진다면 친구들이 보고만 있지 않겠지요."

"내겐 친구가 없소."

"그럼, 친척이라도……."

"친척도 없소."

"슬픈 일이군요. 슬픔을 나눌 사람이 아무도 없다니…….."

아우다 부인은 가족도 친구도 없는 이 신사가 갑자기 측은하게 여겨져 그의 손을 잡았다.

"포그 씨, 친구와 가족을 동시에 갖고 싶지 않으세요? 저를 아내로 맞아 주세요."

"예?"

"당신께 제 영혼을 드리고 싶습니다."

생명의 은인을 위해서라면 무슨 일이든지 하고 싶어 하는 고귀한 여인의 아름다운 눈빛에는 진지함이 담겨 있었다.

"세상에서 가장 신성한 것을 두고 맹세하건대 당신을 사랑합니다."

필리어스 포그가 아우다 부인의 손을 맞잡으며 말했다.

파스파르투의 방에 벨이 울리자 달려간 그는 이내 상황을 알아채곤 얼굴이 환하게 밝아졌다.

"파스파르투, 새뮤얼 윌슨 신부에게 알리기엔 너무 늦은 시간이지?"

"겨우 8시 5분인걸요. 결혼식은 내일, 월요일에 올리실 거죠?"

필리어스 포그는 아우다 부인의 의사를 물어 월요일에 결혼식을 올리기로 했다.

# 세계 일주 여행에서 얻은 것

사흘 전만 해도 필리어스 포그는 경찰에서 모든 수단과 방법을 동원해서 잡으려 하던 범인이었으나 지금은 세계 일주를 수행한 세상에서 가장 정직한 신사가 되어 있었다.

에든버러에서 은행 도난 사건의 진범인 제임스 스트랜드가 잡혔다는 소식이 전해지자 전국의 신문들은 이번 사건이 마법에서 풀려나기라도 한 것처럼 다시금 그를 기억해 냈다. 모든 거래가 다시 유효화되고 도처에서 건 내기가 되살아났으며, 필리어스 포그 주식은 하늘 높은 줄 모르고 치솟기 시작했다.

리폼 클럽의 다섯 신사는 사흘 간을 긴장이 고조된 상태로 보냈다.

제임스 스트랜드가 체포된 날은 필리어스 포그가 떠난 지 77일째 되는 날이었다. 과연 필리어스 포그는 정확의 화신답게 약속 날짜인 12월 21일 토요일 저녁 8시 45분에 리폼 클럽에 나타날 것인가?

토요일 저녁, 팰맬가를 비롯한 리폼 클럽 주변의 거리는 수많은 군중들로 넘쳤다. 필리어스 포그가 도착할 시간이 가까워지자 사람들의 혼잡은 극에 달했다. 경찰은 군중을 제지하느라고 진땀을 뺐다.

그날 저녁, 다섯 명의 신사는 리폼 클럽에 모여 9시간 전부터 불안과 초조 속에서 필리어스 포그를 기다리고 있었다. 은행가인 존 설리번과 새뮤얼 팰런틴, 엔지니어 앤드류 스튜어트, 잉글랜드은행 부총재 고티에 랄프, 그리고 양조업자 토머스 플레니건, 다섯 신사는 살롱의 시계가 8시 25분을 가리키자 동시에 시계를 보았다.

"여러분, 앞으로 20분 후면 필리어스 포그 씨와 우리가 약속한 시간이 끝납니다."

"리버풀에서 오는 마지막 열차가 연착하지 않는다면 몇 시에 도착합니까?"

"7시 23분이오. 다음 기차는 내일 새벽 12시 10분에 도착한답니다.”

“그렇다면 여러분, 만약 필리어스 포그 씨가 7시 23분에 도착했다면 벌써 리폼 클럽에 모습을 드러내고도 남을 시간입니다. 그러니 이번 게임에서는 우리가 이긴 거라고 생각해도 무방하겠지요.”

“하지만 아직 판단하긴 일러요. 그는 대단히 정확한 사람입니다. 결코 너무 늦거나 너무 빨리 도착하는 법이 없어요. 그는 늘 마지막 순간에 정확히 나타나는 사람이니까요.”

다섯 신사가 한 마디씩 했다.

“사실 필리어스 포그의 여행은 무모한 것이었소. 그가 아무리 정확한 사람이라 하더라도 예기치 않게 지체되는 일까지 그의 힘으로는 어쩌지 못했을 거요.”

존 설리번이 덧붙였다.

“그는 내기에 졌소. 뉴욕에서 리버풀까지 오는 유일한 여객선인 차이나호가 어제 도착했소. 여기 ‘쉬핑 가제트’가 발행한 승객 명단이 있는데 필리어스 포그의 이름은 없어요. 아마 그는 지금쯤 미국 땅에 있을 거요. 안됐지만 연로한 앨버메이 경도 고스란히 5천 파운드를 잃게 된 셈이오.”

앤드류 스튜어트가 단언했다.

"우리는 내일 베어링형제은행에 가서 수표를 찾기만 하면 되는 거요."

고티에 랄프가 흥분해서 말했다.

그때 살롱의 시계가 8시 40분을 알렸다.

"자, 이제 5분 남았소."

앤드류 스튜어트의 말에 다섯 신사는 서로의 얼굴을 바라보았다. 아무리 담대한 내기꾼들이라고 해도 초연할 수는 없어 그들은 새뮤얼 팰런틴의 제안에 따라 게임용 테이블에 모여 앉았다.

"사람들이 내게 3,999파운드를 준다 해도 내가 건 4천 파운드를 내놓지 않을 거요."

앤드류 스튜어트가 자리에 앉으면서 말했다.

그 순간 시곗바늘이 42분을 가리켰다.

그들은 제각기 카드를 손에 집어 들었으나 동시에 시곗바늘에 눈길을 주었다.

"8시 43분."

토머스 플레니건이 고티에 랄프가 내미는 카드 패를 떼며 말했다.

잠시 침묵이 이어지고 클럽 안은 정적이 감돌았다.

"8시 44분."

이제 1분만 지나면 승리는 그들의 몫이었다. 동료들은 어느 새 카드를 쥐고 마음속으로 초를 세고 있었다.

　　55초가 되었을 때, 밖에서 우레와 같은 함성과 환호와 박수 소리가 터져 나왔다.

　　다섯 명의 신사들은 일제히 자리에서 일어섰다. 57초가 되었을 때 살롱의 문이 열리고 필리어스 포그가 모습을 드러냈을 때는 시계의 초침이 채 60초를 가리키지 않은 순간이었다.

　　"여러분! 내가 왔습니다."

　　필리어스 포그가 침착한 목소리로 말했다.

　　그렇다! 그는 필리어스 포그가 틀림없었다.

저녁 8시 5분, 그러니까 런던에 도착한 지 25시간이 흘렀을 때, 파스파르투는 결혼식 문제로 새뮤얼 윌슨 신부를 만나기 위해 성당에 갔으나 신부님이 계시지 않아 돌아오실 때까지 20분을 기다렸다.

파스파르투가 신부님을 만나고 성당에서 나온 시각은 8시 35분이었다.

파스파르투는 모자를 어딘가에 내팽개쳐 버리고 머리는 잔뜩 헝클어진 채 정신 없이 달리고 또 달렸다. 행인들을 마구 넘어뜨리고 소용돌이처럼 내달려 3분 만에 새빌로 집에 도착한 그는 쓰러지듯 주인의 방으로 뛰어들었다.

"주인님, 결혼식은 안 된답니다."

"왜 안 된다는 거지?"

"왜냐하면 내일은……. 내일은 일요일이니까요."

"내일은 월요일이네."

"아닙니다. 일요일이라니까요."

"그럴 리가 없네."

"맞습니다. 맞다고요. 우리가 하루를 잘못 계산한 겁니다. 그러니까 우리가 하루 먼저 도착한 셈이죠. 하지만 이제 10분밖에 남지 않았어요!"

"뭐라고?"

필리어스 포그는 생각해 볼 겨를도 없이 파스파르투에게 이끌려 이륜마차 안으로 내던져졌다. 그러고는 마부에게 100파운드의 상금을 걸고 달리기 시작해 개 두 마리를 치고 마차 다섯 대를 들이받은 끝에 리폼 클럽에 도착했다.

그가 살롱에 나타났을 때, 괘종시계는 8시 45분을 가리켰다. 필리어스 포그는 80일간의 세계 일주를 끝내고 마침내 모습을 드러낸 것이었다.

그렇다면 그토록 정확한 사람이 어떻게 하루를 잘못 계산하는 실수를 저질렀던 것일까?

필리어스 포그는 자신도 모르는 사이에 여행 중에 하루를 번 것이었다. 그 이유는 그가 동쪽으로 세계 일주를 했기 때문이며 만일 서쪽으로 여행했더라면 하루를 잃었을 것이다.

태양을 향해 동쪽으로 가면서 경도 1도씩 움직일 때마다 4분씩 시간이 줄었다. 지구는 둥글어 360도이므로 4분씩 곱하면 24시간, 다시 말해서 하루를 얻은 셈이었다.

필리어스 포그는 동쪽으로 가면서 태양이 자오선을 지나가는 것을 80번 보았지만 런던에 남은 사람들은 79번밖에 볼 수 없었던 것이다.

필리어스 포그는 내기에서 이겨 2만 파운드를 딸 수 있었다. 그렇지만 여행하는 동안 1만 9천 파운드를 썼기 때문에 남은 돈은 거의 없었다. 그는 남은 1천 파운드마저도 충직한 파스파르투와 결코 미워할 수 없는 픽스 형사에게 나누어 주었다. 그러나 약속은 약속이므로 1,920시간의 가스 요금은 파스파르투가 물도록 했다.

그날 밤, 필리어스 포그는 아우다 부인에게 말했다.

"우리가 약속한 결혼은 지금도 변함없소?"

"그 질문은 제가 하고 싶은걸요. 파산하신 줄 알았는데 다시 부자가 되셨으니……."

"내 재산은 모두 당신 것이오. 만일 당신이 결혼 이야기를 꺼내지 않았더라면 파스파르투를 신부님께 보내지 않았을 테고, 그랬으면 우리가 여행에서 하루 일찍 도착했다는 사실도 깨닫지 못했을 거요."

필리어스 포그와 아우다 부인의 결혼식은 48시간 후에 올려졌다. 파스파르투는 멋진 옷을 차려 입고 들러리로 참석했다. 사실 그가 아우다 부인의 목숨을 구해 냈으니 이만한 영예는 당연히 그의 몫이었다.

다음 날 새벽, 파스파르투는 주인의 방문을 부서질 듯 세게 두

드렸다.

"무슨 일인가? 파스파르투!"

"주인님, 방금 생각난 건데요. 우리는 78일 만에 세계 일주를 할 수도 있었어요."

"물론 그렇지. 인도 대륙을 횡단하지 않았다면 말이지. 하지만 인도를 지나지 않았더라면 아우다 부인을 구할 수 없었을 테고 그랬다면 내 아내로 맞을 수도 없었겠지."

필리어스 포그가 조용히 문을 닫으며 말했다.

필리어스 포그는 80일 만에 세계 일주 여행을 무사히 끝냈다. 여객선과 기차, 마차와 돛단배, 화물선, 썰매, 코끼리까지 온갖 교통수단을 동원해 마침내 내기에 이긴 것이다.

그런데 그가 세계 여행에서 얻은 것은 무엇일까? 아무것도 없다고 하는 게 맞을까? 사실 그와 평생을 함께할 아름답고 사랑스런 여인을 만난 것 말고는 그가 얻은 것은 아무것도 없었다. 하지만 그보다 훨씬 못한 것을 얻더라도 세계 일주 여행은 한번 해 볼 만한 가치가 있는 것 아닐까? ✿

세계명작시리즈와 함께 논리·논술 **Level Up!**

● **이해 능력 Level Up!**

1. 필리어스 포그가 하인 제임스 포스터를 해고한 이유는 무엇인가 요?

　1) 면도할 때 사용하는 물의 온도를 맞추지 못해서

　2) 식사 시간을 지키지 못해서

　3) 연료를 마구 낭비해서

　4) 주인의 지시를 자꾸 잊어버려서

　5) 주인보다 잘난 체를 해서

2. 필리어스 포그에 대해 설명한 글입니다. 아래 글을 읽고 필리어 스 포그의 성격을 바르게 나타낸 것이 아닌 것을 고르세요.

 그는 돈을 낭비하는 사람은 아니었으며 그렇 다고 구두쇠도 아니었다. 좋은 목적을 위해 서라면 그는 조용히 이름을 알리지 않고 사람 들에게 도움을 주곤 했다. 그는 되도록 말을 아꼈으며 말이 없는 만큼 신비롭게 보였다. 사실 그는 날마다 되풀이되는 일상을 규칙적 으로 반복하며 지낼 뿐 신비로움과는 거리가 먼 생활을 하였다.

1) 검소한 사람이다.　　　2) 다른 사람을 도와줄 줄 안다.

3) 무척 인색한 사람이다.　　4) 말이 없이 과묵한 성격이다.

5) 규칙적인 생활을 한다.


3. '파스파르투'라는 이름의 뜻은 무엇인가요?

　　1) 복덩어리　　　　2) 만능열쇠　　　　3) 정확한 시계

　　4) 충직한 하인　　　5) 힘센 황소


4. 필리어스 포그가 회원으로 있는 리폼 클럽의 고티에 랄프가 한 말
　　입니다. 아래 글을 읽고 랄프가 이런 말을 한 이유를 골라 보세요.

> "지구는 확실히 좁아졌어. 100년 전보다 몇 배나 빠르게 이동할 수 있으
> 니까 지구가 좁아졌다는 말이 틀린 말은 아니지. 그러니 수사도 그만큼
> 빨라질 수 있겠지."

　　1) 인구 증가로 지구 위에 사람들이 살 땅이 좁아졌기 때문에
　　2) 태양계에 지구보다 큰 별들이 많기 때문에
　　3) 지구 온난화로 빙하가 녹아 육지가 바닷물에 많이 잠겨서
　　4) 지구에 더 이상 미개척지는 없으므로
　　5) 교통수단의 발달로 사람들의 생활권이 넓어졌기 때문에


5. 필리어스 포그가 세계 일주를 하면서 교통수단으로 이용한 것이
　　아닌 것은 무엇인가요?

　　1) 배　　　　　　2) 기차　　　　　　3) 코끼리
　　4) 행글라이더　　5) 썰매

6. 다음은 힌두교 사원 앞을 지나던 파스파르투가 겪은 일입니다. 이 일을 통해 작가가 말하려고 하는 것은 무엇일까요?

> 파스파르투는 두 가지 중요한 사실을 모르고 있었다. 첫째는 기독교인의 출입을 엄격히 금지한다는 것이고, 둘째는 성전 안에 들어갈 때에는 문밖에 신발을 벗어 놓아야 한다는 것이었다.
> 금과 은으로 장식된 화려한 건축물을 둘러보던 파스파르투는 갑자기 성전 바닥에 내동댕이쳐졌다. 승려 세 사람이 달려와 그의 신발을 거칠게 벗기고는 욕설을 퍼부으며 사정없이 두들겨 패기 시작했다. 힘이 센 파스파르투는 벌떡 일어나 거추장스러운 옷 때문에 별 힘을 쓰지 못하는 승려 두 사람을 그 자리에서 때려눕히고 겨우 밖으로 도망쳐 나왔다.

1) 힌두교 승려들은 난폭하다.
2) 문화가 다른 곳에 가면 그곳 풍습에 따라야 한다.
3) 야만스러운 사람은 무시해도 된다.
4) 경우에 따라서는 사과하지 않아도 된다.
5) 잘못했을 때는 일단 자리를 피하는 것이 가장 좋다.

7. '수티'에 대한 설명으로 틀린 것을 고르세요.
1) 남편이 죽으면 아내를 산 채로 함께 화장하는 풍속이다.
2) 옛날 인도에서 행해졌던 풍속이다.
3) 남편이 죽은 후 도망친 여인은 죽일 수 없었다.
4) 나중에 영국 정부가 없앴다.
5) 남편과 함께 죽기를 거부하는 여인은 머리카락을 자른 후 쌀 한 줌만을 주어 내쫓는다.

● 논리 능력 Level Up!

1. 필리어스 포그가 80일 동안 세계 일주를 하며 들렀던 곳을 모두
   찾아 표시하고 선으로 이어 보세요.

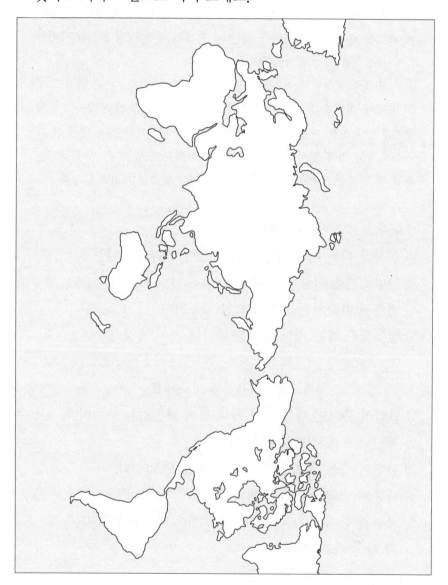

2. 필리어스 포그는 어떤 사람인지 구체적인 사건을 통해 드러난 성격을 중심으로 써 보세요.

_____

_____


3. 다음은 필리어스 포그가 위기를 넘기고 여행을 계속하는 모습을 본 픽스 형사의 생각입니다. 밑줄 친 말의 뜻은 무엇인지 써 보세요.

해적이라고 해도 좋을 이 도둑은 안심하고 숨을 수 있는 이 세상 어딘가로 가고 있을지도 모를 일이었다. 그는 갈수록 호두 속 같은 이번 사건에 말려든 것을 후회하기 시작했다.

_____


4. 인도를 여행하던 중 수티 장면을 본 필리어스 포그는 목숨을 걸고 아우다 부인을 구출합니다. 우리나라에도 비합리적인 풍속이 있다면 어떤 것이 있으며, 그러한 풍속을 없애기 위해서 우리가 해야 할 일은 무엇인지 써 보세요.

_____

_____

5. 다음은 파스파르투가 인디언들에게 잡혀간 뒤 필리어스 포그가 한 말입니다. 내가 필리어스 포그라면 어떻게 했을지 써 보세요.

> 필리어스 포그는 중대한 결정을 내리기 위해 팔짱을 낀 채 꼼짝도 하지 않았다.
> "죽었든 살았든 파스파르투를 찾아야 합니다. 지금 당장 떠나면 그를 살려서 데려올 수 있을 것입니다."
> 이 결정으로 필리어스 포그는 모든 것을 희생하고 파산 선고를 내린 거나 다름없었다. 하루만 늦어져도 뉴욕에서 여객선을 탈 수 없을 것이고 이번 여행의 내기에 지게 될 것은 불을 보듯 뻔한 일이었다. 그러나 그는 파스파르투를 구해야겠다는 신념에 주저함이 없었다.

6. 필리어스 포그는 파스파르투의 실수 때문에 여행 일정이 늦어지게 되었는데도 그를 번번이 너그럽게 용서하곤 했습니다. 이로 인해 필리어스 포그가 잃은 것과 얻은 것은 무엇일지 생각해 보세요.

● 논술 능력 Level Up!

1. 「80일간의 세계 일주」를 읽고 느낀 점을 써 보세요.

_____

_____

_____

_____

2. 다음은 필리어스 포그의 생활에 대해 설명한 글입니다. 나의 생
   활과 비교해 보고 어떻게 생활해야 할지 써 보세요.

> • 그의 생활은 매우 규칙적이었으므로 시중을 드는 하인은 별로 할 일이
>   많지 않았다. 하지만 정해진 규칙과 시간을 어기면 용서받지 못했다.
> • 그는 시계 위에 붙어 있는 일과표를 보았다. 일과표에는 필리어스 포
>   그가 아침 8시에 일어나 클럽에서 점심을 먹기 위해 집을 떠나는 11시
>   30분까지의 일정이 꼼꼼하게 적혀 있었다.

_____

_____

3. 다음은 여행을 끝낸 필리어스 포그의 행동을 쓴 글입니다. 그의 행동에서 어떤 점을 느꼈는지 써 보세요.

> 필리어스 포그는 내기에서 이겨 2만 파운드를 딸 수 있었다. 그렇지만 여행하는 동안 1만 9천 파운드를 썼기 때문에 남은 돈은 거의 없었다. 그는 남은 1천 파운드마저도 충직한 파스파르투와 결코 미워할 수 없는 픽스 형사에게 나누어 주었다. 그러나 약속은 약속이므로 1,920시간의 가스 요금은 파스파르투가 물도록 했다.

_____

_____

_____

4. 필리어스 포그는 여행 일정에 차질이 생길 때마다 두둑한 포상금을 걸곤 했습니다. 그러면 사람들은 상금을 받기 위해 기를 쓰고 시간을 단축하려고 애를 썼습니다. 모든 일을 돈으로 해결하려고 한 그의 행동에 대한 여러분의 의견을 써 보세요.

_____

_____

_____

 풀이

## 이해 능력 Level Up!

1. 1)  2. 3)  3. 2)  4. 5)
5. 4)  6. 2)  7. 3)

## 논리 능력 Level Up!

1.

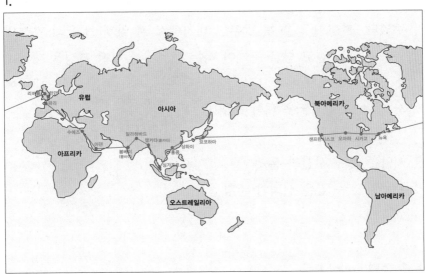

2. 필리어스 포그는 일과표를 정확하게 지키며 사는 이성적이고 의
지가 강한 사람이다. 하지만 파스파르투와 아우다 부인을 구하기
위해 목숨을 걸 만큼 따뜻한 마음도 갖춘 사람이다.

3. 일이 꼬불꼬불한 호두 속처럼 복잡해서 갈피를 잡을 수 없다.

4. 예시 : 우리나라에서는 남아 선호 풍속으로 남녀 인구 비례에 불균형을 가져오는 등 여러 가지 문제점을 낳고 있다. 이를 방지하기 위해서는 여성의 권리를 신장하고 사회 참여 기회를 늘리는 등 여러 가지 조치가 필요하다.

5. 예시 : 필리어스 포그는 여행 일정에 차질이 생기는 것은 물론 자신의 목숨까지도 위험해질 것을 뻔히 알면서도 인디언들을 추격해 마침내 자신의 하인을 구해 냈다. 그뿐만 아니라 파스파르투를 구하는 데 동참한 병사들에게는 약속대로 1천 파운드의 상금까지 주었다. 여행 일정을 못 맞추면 내기에서 져 잃게 될 돈과 자신의 목숨을 모두 걸고 남을 구해야 하는 상황에서 어떤 결정을 내리기는 참 어렵다. 나라면 그런 결정을 내리지 못했을 것이다. 내기에서 지면 엄청난 돈을 내야 하고 명예에도 금이 가기 때문이다.

6. • 잃은 것 - 시간과 돈
   • 얻은 것 - 깊은 신뢰와 존경


**논술 능력 Level Up!**

1. 예시 : 명예를 위해 80일간의 여행에 성공하려고 하는 필리어스 포그는 차가운 듯하지만 목적을 위해 무슨 일이든지 하는 비열한 사람은 아니었다. 또한 끝까지 포기하지 않는 의지를 가지고 있

었다. 그 덕분에 내기에서도 이겼고, 아름다운 아내는 물론 세상 사람들의 존경과 믿음까지 얻었다. 만약 힘들고 어렵다고 쉽게 포기했다면 절대로 얻을 수 없는 것들일 것이다.

2. 예시 : 계획에 따라 규칙적인 생활을 하는 포그와는 달리 그냥 보내는 시간이 얼마나 많은지 알게 되었다. 나도 포그처럼 일과표를 짜 시간을 아껴 써야겠다는 생각이 들었다.

3. 예시 : 자신을 도운 하인을 생각하는 것을 보니 정말 대단하다. 뿐만 아니라 곤란한 지경에 이르게 한 픽스에게까지 돈을 주다니, 마음이 정말 넓다. 또한 파스파르투에게 약속대로 가스 요금을 내게 한 것을 보니 철저히 약속을 지키고 원칙을 중요하게 생각하는 사람임을 알 수 있다.

4. 필리어스 포그는 여행 일정을 맞추기 위해 큰돈을 쓰기도 한다. 이런 면만 보여 주었다면 그의 행동들은 '돈이면 무엇이든지 다 된다.'고 생각하는 역겨운 모습으로 보였을 것이다. 하지만 그는 자신의 목숨까지도 내놓고 하인을 구하는 인간적인 모습을 보여 주었다. 이러한 행동은 돈은 '어떤 일을 이루기 위한 수단'일 뿐임을 알게 해 준다.

# 초등권장 도서 세계 명작 시리즈

※효리원 세계 명작 시리즈는 계속 발간됩니다!